冰心散文奖

获奖作家散文自选集

树的箴言

高安侠　著

组　　稿：中国散文学会
总 主 编：周　明　红　孩
执行主编：凌　翔

中国经济出版社
CHINA ECONOMIC PUBLISHING HOUSE
·北京·

图书在版编目（CIP）数据

树的箴言 / 高安侠著.

—北京：中国经济出版社，2020.1

（“冰心散文奖”获奖作家散文自选集 / 周明，红孩，凌翔主编）

ISBN 978-7-5136-5666-5

Ⅰ. ①树… Ⅱ. ①高… Ⅲ. ①散文集—中国—当代

Ⅳ. ① I267

中国版本图书馆 CIP 数据核字（2019）第 077334 号

策划编辑　崔姜薇
责任编辑　焦晓云
责任印制　马小宾
封面设计　陈　姝
封面插图　阿　秋

出版发行　中国经济出版社
印 刷 者　唐山楠萍印务有限公司
经 销 者　各地新华书店
开　　本　710mm × 1000mm　1/16
印　　张　13
字　　数　168 千字
版　　次　2020 年 1 月第 1 版
印　　次　2020 年 1 月第 1 次
定　　价　49.80 元
广告经营许可证　京西工商广字第 8179 号

中国经济出版社　**网址** www.economyph.com　**社址** 北京市东城区安定门外大街 58 号　**邮编** 100011

本版图书如存在印装质量问题，请与本社发行中心联系调换（联系电话：010-57512564）

目 录

第一辑　面对草原

第二辑　独树

第三辑　温暖与照亮

第四辑　将进酒

第五辑　走遍万水千山

第一辑　面对草原

面对草原

一

当我的双脚踏在草地上，目光所及是无边的辽阔与平静，哪里都不是路，但哪里都可以走，哪里都不是床，但哪里都可以躺。规矩惯了的人，到了这里往往会感到茫然，像在鸟笼里关久了的鸟，即使你把整个天空给它，它也不知道该怎么飞翔。

草原最简单但又最丰富，就像一些朴实的话本身便是真理。面对蓝天、白云、绿草，我像个孩子打开了一本奇妙的书，但是什么也看不懂，只好静下心来，细读草原上盛开的野花。

野花虽然细小，可是每一朵都那么骄傲地仰着笑脸，没有任何一朵花因为嫌自己不够美丽而自卑得拒绝开放。淡紫的摇对对花，浅黄的蒿娥，绯红的野菊花……通通肆意而奢侈地开着，理直气壮地开着，仿佛一种奉献自己、挥霍自己的欲望在支配着它们。每一朵花都坚信自己最美，其实美不美已经不重要了，一朵相信自己的花，你又有什么理由说它不美呢？

宽厚沉默的大草原从不拒绝任何一种花，在这里，花朵简单得动人，草原丰富得动人。

任何一个容得下异类的地方都一定如草原般美丽。

二

实在不忍让坚硬的鞋底踩伤这些骄傲的花，我脱掉鞋袜，跣足而行，感觉脚下的花草有血肉有骨骼，我臆想它们正用我的耳朵接收不到的波长大声呐喊：疼死了，疼死了！

可低头望去，那些刚刚被踩的花草马上弹起身子，摇摇脑袋，一副满不在乎的样儿。草原上的花毕竟不同于城市温棚里培养出来供卖钱的花，没有那么娇贵。想那野花都是经过牛羊嘴巴的浩劫、蹄子的践踏，早已将坚韧注入遗传基因。

看来我真是杞人忧天。望着在风中摇着脑袋的野花，我笑了。

三

一路上到处都是花，大片大片燃烧着的野花排山倒海般呼啸而来，那么狂热，那么挥霍，就像一个人把一生的热情全给了这个季节。我在草原腹地眺望远方，前面缓坡上浮起一层紫色的雾，诗意而忧郁。走近才看清，那里开满了紫色的野花。这不知名的野花每一朵都是由无数细小如米粒的花聚合而成，整体像一个紫色绒球，不出众但可爱。出于喜爱，我折了一枝下来，插在我的手提袋上作为装饰。过了一天，到晚上收拾行李时，这小绒球竟然丝毫不见衰颓模样。过了一夜起来，被我随意扔在桌上的花还是与昨天一模一样，我忍不住拿起它到窗前细细端详：每一朵米粒大小的花仍倔强地绽开，如果散开来看，毫不惹眼，估计不会有蜜蜂、蝴蝶访问；但无数小花朵组合起来却相当美丽，尤其在草原上一大片一大片地盛开，好像为赴一个宴会而隆重打扮的女子，即使算不上天生丽质，也是娇俏可喜。

一连四天，我一直带着它旅行。那淡淡的紫色一点一点地消失，但形状还是一点儿也没有变，细小如笔尖的花瓣还是充满期待地张开着，希冀与蝴蝶、蜜蜂有一次邂逅。

我终于意识到，我犯了一个错误。我如此轻易地折下它，使它离开了属于自己的那片草场，也失去了传播花粉、孕育种子、繁衍后代的机会。尽管它枯萎得那么慢，那么慢，那么不甘心。

而我仅仅以爱的名义占有了它，却也毁了它。对一朵花而言，若是真爱，便不可占有，那么对一个人呢？

四

走着走着累了，随便躺下来，天那么大，白云走得那么慢，比时间都慢，眼睛随便往哪个方向望去都不会被挡住视线，草原的平静与坦诚，消解了许多重压，我感觉自己变成了一棵在风里摇头的草。

面对草原，心灵逐层打开，我变得脆弱如水。在一场突如其来的灾难袭击下，被击懵了的我随波沉浮之后被抛弃在岸边。当初不怕的如今都怕，当初不悔的如今都悔，回过头来看自己所经历的一切，开始像一头牛一样反刍苦难。苦难不像幸福可以分享，苦难是属于自己的，别人无可分担。真的希望有上帝，我愿意像个孩子一样扑在他怀里放声大哭。但是，没有上帝。在喧闹拥挤的城市中，已经不能够用流泪来表达痛苦，因为它能流露出一个人的本真和软弱。

就这样，我躺在草原腹地肆无忌惮地哭泣，这里不会有人听到，我也用不着伪装，在宽厚如母亲、坦荡如朋友的草原上，我的怯懦和无能卸去了一切乔装，那么唯一可做的就是哭泣。

回想当初，并不是灾难打倒了我，而是忧虑打倒了我。在行走的路上，背着巨大的忧虑，无法不失败。一个被自己打倒的人，比被对手打倒的人更不容易站起来。面对灾难，我无法不忏悔，也无法把痛苦的根源一把推给别人，指责说一切都是他者造成的，而把自己描述成一个天真纯洁的上帝的羔羊。我并不像自己希望的那么纯粹，我的灵魂也并非一尘不染，他者的自私、贪欲、嗔怪我一样也不缺，那么我又有什么权利一味责怪人心的险恶阴暗？

我的生命在我的命运里行走，我知道这是无法抗拒的，一切过去的和将来的一样无法抗拒。我想，这样也好，一个人若没有了自己的痛苦，自己的愤怒，自己的欢乐，自己的幸福，自己的希望，自己的失意，那么在千人一面的人潮中，该拿什么来证明自己的存在？就让该来的都来吧，像呼啸而来的草浪一样裹挟着自己向前，不管自己对这场命运之旅是否表示赞同。

其实，每个人都有自己的命运之旅，在命定的轨道中彼此无限接近但绝对无法交流，尽管每个人的一生都可以总结出许多经验。我也读过前人关于人生的许多箴言，知道了那么多道理，最终还是无法改变一切错误的发生。

等到累了，仰面看着天，天还是那么大。我想，其实一个人的心灵要像天空那么广阔未免太浪费了，像草原一样辽阔足够了，那还有什么容不下，还有什么块垒难以消解？我想起一句话：如果你在困难面前却步，不妨请教大自然。

聆听壶口

对壶口，我始终敬而远之，原因是它的名气太大。以我的经验，许多有名的事物往往是盛名之下，其实难副，比如名人、名牌、名胜。众口交誉的西湖，在我看来仿佛是艳冠天下的名妓，少了风骨，多了风尘；如今少林寺的和尚们骑着摩托，拿着手机，再也难见当年慧能、神秀的风度。

多年来，我与壶口比邻而居却从未想过访问。它出它的名，我过我的日子。一个偶然的原因，我去了黄河畔一个荒村，与一位古稀老人闲聊说到了壶口。老人嘬着烟袋，闲闲地说：“过去在茶坊都能听到壶口的水声。”

我的心动了一下，被什么击中了似的。

在沉默中，我臆想是什么人听到的。那一定是个寂寞的人，在一个寂静的夜里听到大地另一端的心跳。

“现在听不到了，太吵。”老人静静地说。

我知道，仅仅为这一句话，终究有一天我会去寻找那条大河的声音。

当我的双脚踩在冰封的岸边，朔风挟着大水的寒气与杀气扑面袭来，像巨掌几乎将我击翻在地。壶口的大水在竭力地抛掷自己，深涧里浊黄的飞沫像无数怒狮鬃鬣飞扬、跳跃奔突。上游飘浮而下的巨冰无可奈何地一头栽进深涧，听凭大水的摆布，最后蜷缩一旁，在严寒中堆积成一座冰坝，以沉默对峙着大水的张扬。

我像一个白痴那么平静，在大水的抛掷中，我也在抛掷自己，我成为大水中的一滴，傲慢，无羁，游离于任何规范之外。

此刻，大地山川在颤抖中缄默，正是冰天雪地的季节，该死亡的早已死亡，该沉默的都在沉默，只有壶口不知疲倦，在宣泄，在怒吼。我立于高岸，从脚心真切地感觉到了来自地心深处不可阻挡的力量，仿佛脚下随时都有崩塌的危险。我又想起大河上游那个老人的话，那么是谁在茶坊听到水声的呢？他必定内心清空寂静，是游子、文人还是归客？

我一厢情愿地认定他是个文人，瞬间，我就是他，他就是我，多年以前正是我打茶坊路过。

多年以前，多少年呢？也许是一千年吧，我骑着一头蹇驴，颠簸在黄尘漠漠的古道，记不清这是多少回了，只知道这条路见证了我许多次的失意。

那繁花似锦的长安城啊，天下莘莘学子云集一堂，热望一跃龙门，十年寒窗人不知，一举成名天下闻。考中的帽插宫花，骑着高头大马游行在朱雀大街上，夹道多少羡慕的眼光，光耀门楣，前程似锦，金屋玉堂，美人如花。

然而，成功从来都不是为大多数人准备的。那么长、那么大的金榜，密密麻麻的蝇头小楷仿佛普天下的人名字都写上去了。只是，独独漏了我。

成功是人家的，我只能拨转驴头回乡。蹄音嗒嗒走在归去的路上，群山起伏的黄土高原仍是洪荒世纪似的，时间那么长，那么长。我在时间中行走，身后是时间，身前是时间。我并不急于赶到什么地方，也许我一生的目的就是行走。

我想这是我最后一次赶考，廿年青灯书卷生活，我将彻底放弃。该丧失的早已丧失，想得到的永不会得到。奇怪的是，我心里并不伤感，倒只有解脱，不是说人生如梦吗，就当做了一个长梦吧。

暮色苍茫时刻，我投宿茶坊，南来北往的行客都在这儿歇脚喝茶。这是个热闹所在，奇闻轶事，官府公案，无所不包，但热闹是人家的。我躺在榻上，看天光是如何一层一层暗下来，辽阔的暗蓝吞没了一切，天地归于宁静。我又将是一夜无眠，什么都想，什么也不想。

听，是什么声音，邈远而清晰，从地层深处传来，是大地的心跳吗？内敛而张扬，像呼唤，像呐喊。我的心脏伴着那隆隆轰鸣开始共振，一刹那，电光火石一般，是大河！那一刻我不再是我，不再是那个一再落榜的倒霉鬼。我跳下床榻，鞋都来不及穿，奔出门找那个声音。在高高的山岗，风从远方刮来，带来远方的消息，是了，一定是那条大河！我甚至在黑暗中看到，它无路可走——前面是万丈深渊，但没有什么能劝它回心转意。

高处的跌落，让庸者一蹶不振，但对于非凡的大河，这一跃却让他的生命迸发出迷人的彩虹。

在无边浓密的黑夜里，大河什么也没说，但又像什么都说了，我什么也看不到，但又像什么都看到了。

之后，又是一千年，在命运的轮回中历经几世几劫，我又来到世间，站在壶口的高岸，临风而立，聆听大河的箴言。

古渡甸的黄河

八月的一天，仿佛应了一种神秘的召唤，我突然决定去看黄河。不为什么，仅仅就是想去看看，好像游子回老家看一看埋自己胎衣的地方那样。

我所居住的县城离黄河很近，只有 70 公里。罗子山乡就在黄河岸边。发往那里的班车最早是清晨 7 点钟开，由于山路崎岖，估计得中午才能到达。

同车的多是乡间的普通村民，男人身上咸腥的汗味，劣质香烟的辛辣，女人粗糙的面孔，玉米茬子一样的乱发，怀里吃奶的孩子以及浓重的方言，各人嘴里呼出的气味组成了一个破旧中巴车内的基本容量。

在陕北的群山沟壑间，零星地散落着一个个小村庄，一条简易公路把它们串联起来，就像一条蜿蜒爬行的藤上长着的几片叶子。村庄里多半是破败的院墙，被遗弃的大张着口的土窑洞，我猜想它们的主人已经流浪到了城市的边缘，以蹬三轮车做苦力或干别的什么为生。

不了解农村的人将古典田园诗当作解读农村的钥匙，当他亲眼看见农村的真实面孔，就会彻底失落，从心底里升起难言的惆怅。

班车到了终点站罗子山乡。本乡有一座石头山，外形酷似一只箩，所以起名为箩子山，久而久之简化为罗子山。这里的地貌和陕北其他地方有一些区别，以塬为主，四边陡峭，顶上平坦。全然与别处峰峦高耸、给人坐井观天之感不同。

在这个似乎与世界失去了联络的地方，前面的路我只能用脚去丈量了，今天赶黑我要翻过一个崾崄到古渡甸。

我身背行囊的装束显然引起了小镇乡民的注意，他们纷纷向我投来好奇又淡漠的目光。我走进街角一家小饭馆，正在大声聊天的几个汉子立即住了嘴。我知道他们注意到我了，虽然我目不斜视。我甚至能感觉到他们的目光像审判官似的在一一拷问我的太阳镜、牛仔短裙和旅行包。在城里再普通不过的我，到了这里变成了一个异类。难怪他们的目光里有那么多不欢迎的成分。

这个乡村的小饭馆自然做不出什么可口的东西。不过对我而言，一杯茶水、一碗汤面就足够了，毕竟人在旅途。

隔桌的汉子们在讨论山西和内蒙古的羊皮羊绒价钱。别小看这些面目黧黑、举止粗放的羊皮羊绒贩子们，他们的腰包里有的是钱。在农村，他们被称为“有本事的”，故而他们说话的声音也就分外响亮些，连打喷嚏也分外铿锵。

吃完饭，我又上路了。夏天，阳光强烈，山川静穆，塬上郁郁葱葱的玉米、糜子像墨绿色栽绒毯似的，厚墩墩的。极目四望，长势茂盛的庄稼在阳光下发荣滋长，绿得凶神恶煞。一小块一小块庄稼地错落有致，随意而富有韵律感地排列着，深绿、浅绿、黄绿，像才气纵横的画家的即兴涂抹，你不知道为什么这样，但你知道这样很美。

八月的乡村寂静得能听见远处村落鸡鸣狗叫的声音。近处草丛里蚱蜢、蝈蝈和着高柳上的蝉在大声合唱，挥霍着只有一个夏日的生命。耳边如此热闹，可是心里觉得还是静。

盛夏时节的黄土高原多像一个丰腴美丽而寂寞的女人。

在湛蓝的天和碧绿的田野之间，我独自走在通向黄河岸边的羊肠小道上。走得又累又渴，忍不住向一个牧羊人打听，他说“快了”。按我的经验，实际上还早着呢。本地的农民都是这样，没有具体的时间和空间概念，十里也说“快了”，五里也说“快了”，只有真的快到了，他们才一扬下巴，挥起放羊铲一指，“唔，不是？”

下午6点钟光景，我到了古渡甸。这是黄河岸边一个古老而破旧的小村庄，过去是个渡口。它的名字相当儒雅，让人无端联想到落日余晖，古老的渡口，两岸芳草如甸，躺在木船上小憩的艄公……这几乎是一幅画了，这个小村庄就这么诗意而清冷地沉睡在黄河的臂弯里，宁静而恬淡，像祖母怀里熟睡的婴儿。我猜想，这名字一定是某个读书人所起。

我没费多大劲就找到了我朋友的大姨家，他们听了我的介绍，便热情地招呼我到窑里。端上来的水是糖水，晚饭是鸡蛋面，这是农村待客的饭。厚道淳朴的农民虽然穷，但是相当好客，反复苦劝“多吃点”“就跟在家里一样”。习惯了冷漠的我，颇有些不自在，但心里热乎乎的。

我朋友的姨夫把我引到偏窑，让我参观他的粮囤，满囤满囤的玉米、绿豆、豇豆，都是放了两年以上的陈粮。我问他为什么不卖，他神色黯然地摇摇头说：“换不下钱。”我从闲聊中得知，他家里有两个孩子，都在念中学。我完全理解一个除了种地，再没有其他来钱路子的农民供养学生念书的艰辛，我的许多农村亲戚也都是这种状况。而在南方，更多的农民后代已经选择了弃学打工，流浪在城市中充当城市人口的候补梯队。

早上醒来，已是日上三竿，一夜黑甜，连个梦都没来得及做。朋友的大姨直到我洗漱好，才过来招呼我吃早饭，蒸馍就盐干菜。她跟我说，这麦面是夜来黑喽（昨天夜里）赶着磨下的新麦面。我咬一口朴素的白面馍，感觉那滋味真的很好，绵软而有弹性，慢慢咀嚼不知不觉嘴里就充满了清淡的香甜。从前吃白面馍可是从没吃出过这么好的味道，也许平时三心二意狼吞虎咽，也许其他美味遮盖了它需要耐心品味的香甜。

这个荒僻的村庄从民国时期到新中国成立初期出过不少人才。本地乡俗以读书为荣，谁家孩子如果考上中技（中专）或是大学，不仅家里人高兴，一村子都跟着荣耀。往往在孩子离家上学时，东家西家送钱送物表示祝贺，临出门整个村庄的人前往送行。我的一位朋友就曾享受过这种最高规格的待遇。

近年来，邻近的下西渠村又出了一个名人，民办教师王思明。他白手起家，靠发动学生勤工俭学，培养了一大批农村孩子。他曾多次到北京、省城作报告，前几年中央电视台还给他拍过一部电视剧。

可见，在地老天荒的黄河岸边，人文气息相当浓郁，人们对知识近乎天然的渴望，一点不比别处逊色。

我在村子西头站了一会儿，古渡甸的庄稼地都在塬上，一小块一小块平平整整的。我注意到远处有一棵高大的柏树，单个矗立在那里，也许因为孤独反倒使它无拘无束，长得枝叶茂密，全然不像西双版纳热带雨林中的那些树，它们跟城里人似的挤挤挨挨，你倾我轧地争夺着阳光和空间。高原上的热风吹过，不见那棵柏树动一动，我疑心它是铜枝铁干了。

再美的风光也只是路过，身为过客，我不会为它们停留。我又出发了，向着黄河。

站在高崖俯瞰，感觉黄河浑浊而轻盈，如一练飘带一路迤逦流过，那么从容闲散，几乎看不见什么大浪，矜持而尊贵地流淌。与想象完全两样。

这就是黄河了，平缓，宽阔，了无隐瞒，坦坦荡荡却还是让人感觉一无所知，就像初读《圣经》，所有的故事都很简单直白，但合上书你会感觉你什么也没懂，因为任何一句简单的话都足以让你耗费几年光阴，在生活的摔打中体验彻悟。

我至今仍记得那些话：“你只看见你的兄弟眼中有刺，却看不见你自己眼中的梁木。”

“你们谁没有罪，谁就可以打她。”

有时候，彻悟简单的一句话足以改变一个人的一生。

此时，面对自以为熟稔实际上一无所知的黄河，我的心里一片茫然，原来臆想中的万分激动也好像没有如期而至。我也奇怪自己怎么一点儿也不激动，只是迷茫。面对黄河，所有有关黄河的文字显得如此肤浅，只是表象上的描述，谁也不明白它究竟是什么。

我曾在下游的濮阳看过黄河，那里泥沙把河床抬高，已完全变成了地上河，漫得宽阔无比，也黏稠无比，一只水鸟掠水而过，细细的腿上立即沾满了褐黄色的泥浆。而壶口的黄河真像万千怒狮聚会，巨吼震天，仿佛是从地壳深处发出，站在岸边的人会觉得随时随地都有天崩地裂的可能。

此刻，我只是站在一段没有什么名气，也少有人来过的岸边。这里的黄河属于乡村，多像一个随遇而安的祖母。

河水平静地、寓言似的流淌，两岸裸岩壁立，犹如劈凿而成。黄土高原的山山峁峁都是绵软的黄土堆积而成。长期雨水冲刷，水土流失又形成了千沟万壑，唯独这秦晋大峡谷是粗粝的石头山。传说，上古时期，世界爆发了一场洪水，大水吃掉了生灵无数。天帝派鲧治水，鲧窃来“息壤”治洪，结果触怒天帝，杀鲧于羽山。鲧死后腹中产下儿子禹，禹改阻洪为疏导，用斧劈开巨岩使大水有路可走，最后向东注入海洋，从而使华夏大地免于变为泽国。秦晋大峡谷据说是大禹用巨斧劈开的。

这个古老的、已荒废了的渡口没有想象中的老艄公和木船，有的只是不息的河流，那人、那船哪里去了呢？隐没在哪一段历史中了呢？

对岸隐隐约约有一群羊，自由散漫地点缀于山坳、坡谷间。那边是山西的大宁县，和这边的古渡甸一样。乡村都是同样的，孤独而寂寞地被遗弃于现代社会之外。但遗弃也是相互的，乡村同时也把纷乱的城市遗弃了。乡村与城市就这样相互隔膜、相互漠视地对峙着。我知道，迟早有一天乡村会被城市吸纳，但现在我很高兴它们还倔强地存在着，还有一群人以另外一种方式生活着。

黄河岸边的古渡甸人依然是日出而作，日落而息。留守土地的农夫还是用早在千年前敦煌壁画上就曾出现过的曲辕犁耕地，打场还是用碌碡和连枷。难以想象，这里离脏乱拥挤却生气勃勃的县城只有70多公里，感觉好像两个世界。这个村庄相当凋敝，能离开的人都离开了，许多看上去很新的窑洞铁锁把门，院子里蒿草疯长，一片阴森森的青碧色。

在这个被现代文明遗弃的世界，村民出奇地礼貌，只要路遇，不管长幼，主动跟你打招呼，并且热情地邀你到家里坐一坐。我经常感动于这种真诚，也许乡间太寂静，才使人对人产生了如此真诚的热情，而城里那矫饰的热情、虚假的笑脸反而使人关闭了心灵，趋向于冷漠。无论什么东西，只要掺了假，就会败坏胃口，却绝对不可能蒙蔽眼睛。

太阳慢慢下去了，天空不知何时布满了晚霞，空灵透亮，连空气也成了金色，苍山黛岩点染了金色光晕，有一种不可言说的感觉，遥远而又切近，真实而又虚幻。

暮色一层一层暗下来，我坐在乡村的场院里，看着黑夜一步一步降临，直到深蓝的天空缀满晶莹的星星，如此干净深邃。我已经有许多年没这样迫近地看星星了。

记不清从哪一天起我疏远了它们，沉溺在城市霓虹灯俗气的艳丽之中。世上真正打动人的是最朴素的东西，比如星空，比如我们的思想。我相信，最初的哲学家一定是在仰望星空时诞生了他的思想。

盛夏时节，入夜犹凉，我问女主人，顺黄河岸边往南走会到哪里，她说：“天尽头。”

天尽头——好一个苍凉的去处。虽然近在咫尺，只有 5 里路，但我没打算去，既然是天尽头，那就让它存在于不可到达的地方，继续它的神秘与遥远吧。

第二天，我收拾行囊回头远眺黄河，怀着淡淡的忧伤，背转了身体。

黄河的细节

犹如历史，那些生动鲜活的细节总是被淘汰。书写历史的人删繁就简，仅仅留下几个干瘪的人名，三言两语就交代了一个原本宏大无比的历史事件。这样，历史就被斧斫得线条清晰，脉络分明却也面目全非。

对于黄河的描述也是如此。教科书上说，“黄河呈一个巨大的‘几’字形”，其实，这是省略了许多细节的一种过于粗疏的表述。倒是民谣里的“天下黄河九十九道弯”，近乎真实地再现了黄河曲折回环的奔流之路。

乾坤湾是黄河的一个细节——从高空俯瞰，呈现一个巨大的“S”形，两岸的山峦恰似阴鱼和阳鱼，各自独立而又水乳交融。黄河迤逦流过，千回百转，而后劈开秦晋大峡谷，向南奔去。

在我看来，微不足道的细节才能真正体现一切宏大事物的本质。

乾坤湾的缄默

当我乘一叶小舟轻轻飘向乾坤湾的时候，首先被黄河两岸壁立千仞的悬崖给骇住了，那一层层岩石整齐而均匀，见证着时间的无限。每一层岩石里都埋藏着无数秘密，被时间带入了永恒。而岩石缄默，黄河缄默，风吹过脸庞，同样缄默不语。

于是，当小舟被奔涌的河水和大风裹挟着顺流而下时，一览无余的巨岩仿佛一本被翻开的天书，一切尽收眼底，但我什么也看不懂。

这，难道就是乾坤湾吗？如此坦白，像少年清澈的眸子。

可是，一切如此神秘，像一只锁得严严实实的箱子。

该从哪里进入乾坤湾的内核呢？

我想到了伏羲。

相传中国第一个哲人伏羲曾经在这里仰观天象，俯察地理，彻悟阴阳太极。乾坤湾便成了中国哲学的滥觞之地。

先哲伏羲，是乾坤湾的细节。从这里出发，也许能读懂乾坤湾。

伏羲，第一个仰望星空的人

站在高处眺望，高原峰峦如聚，像呼啸而来的绿林好汉；俯瞰黄河，波涛如怒，不舍昼夜。乾坤湾安安稳稳妥妥帖帖地被黄河拥入怀抱，群山密密匝匝地守护在四围。

洪荒世纪，我们的祖先伏羲跋山涉水，从远方走来，在遍照古今的太阳下，褐衣草履，唇焦口燥地走来。

在乾坤湾，伏羲夜观天象，我猜想他一定是无数祖先中第一个抬起头颅仰望星空的人，这是人类一个了不起的动作。仰望星空，意味着对物质的超越，对无涉自身利益的他者的关心，对宇宙对世界的强烈的了解愿望。

今夜，立于乾坤湾的高岸之上，我也仰起头来凝目星空。在宁静而辽远的天宇之下，无数星辰闪耀着晶莹的光辉。霎时，心灵如星空一样干净开阔，了无纤尘。

我想象伏羲也是在这样的一个夜晚面对着星辰和宇宙。

在无边无际的星空之下，熠熠生辉的星群仿佛从银河里倾泻而下。黑暗而辽阔的大地之上，伏羲独自一人，无比孤独，无比渺小，而他的思想在升腾。那一刻，人就被上天赋予了灵光，人活着就不仅仅是作为一种生物而存在。

我们无疑是伏羲的后代，因了他在那个晴朗的夜晚将探索的目光投向了星空，我们的生命浸润在太极哲学的优美思想里，充满着诗意和睿智。

世上哪里的河山不壮美？比乾坤湾更美的地方很多很多，但是，因了先哲伏羲的灵光点染，平凡的山水不再平凡。

我站在乾坤湾高高的山岗之上。山还是千百年前的山，风还是千百年前的风，先哲伏羲已经融入乾坤湾，成为一个永恒的智慧象征。

和祖先一起跳舞

这是一个古老的渡口，黄河的另一个细节。

延水关，名字典雅恬淡，一听就知道是文人命名。

落日余晖里，大河平静，山峦平静，时间在这里凝固。

而黄河岸边的生活无疑是艰难而枯燥的，一针一线一炊一饭都要靠自己的手去创造。女人除了上山种地之外，还要做饭洗衣以及与此相关联的拾柴喂猪纺线织布。尽管她们容貌端正，五官秀丽，皱纹却过早地爬上了面庞。男人就不用说了，黄河边的男人个个以吃苦耐劳闻名，粗糙的脸和因劳作而略略变形的手是光阴留下的纪录。可是有了秧歌，一切犹如一碗白饭里加了盐，生活立刻变得有滋有味。

傍晚时分，家家户户炊烟袅袅，这黄河边的小小村落那么安宁寂静。

她不关心世外的热闹，世界也早已忘了她的存在。

听，是谁擂响了秧歌大鼓？是谁拍起了嘹亮的铙钹？平静的村庄被撩拨得躁动不安，刚刚刷完锅的大嫂来不及解下做饭的围裙，刚刚赶羊进圈的大哥来不及丢下羊铲，人们急急忙忙从四面八方涌向村子中央的打谷场。今夜，他们在这里狂欢！简单的舞步让大嫂扭得妖娆多姿，背着羊铲的大哥诙谐有趣，他们都已不再是为生活而奔波劳顿的人。有了舞蹈便有了乐趣，让烦劳和煎熬暂且靠边。

这是一种似曾相识的舞蹈，在汉代的画像石上，我们就看到过这样的秧歌舞蹈，我们的祖先也曾这样如痴如醉且歌且狂。也许因为祖先的遗传，我们的血液里才有了天然的艺术基因，虽然是第一次参加这样的狂欢活动，抬脚便自然而然地合上了舞步的节拍。

对于祖先，曾经年少的我毫不关心，直到有一天，忽然对于自己来自何处产生了强烈的了解愿望，那时我才开始关心关于祖先的一切。那么祖先是什么样的呢？我隐隐约约地知道他们来自东海之滨，在某一次灾难中背井离乡来到了黄土高原。那么，他们是否在延水关这个古老渡口踏上了黄河西岸的土地呢？

无数的战乱和饥馑以及国家的号令，使得我们的祖先离开了家园，一路向西迁徙，直到栖息在今天又被我们称作故乡的某个异乡。

我无数次地想象我们的祖先是怎样的颠沛流离：也许我的祖先和你的祖先骑着青骢马并辔而行，在温暖的春天走过平林漠漠烟如织的大平原；也许我的祖先和你的祖先那时还很年轻，满怀豪情渴望征服世界，面对滔滔黄河，在一个月明之夜，结伴泅河夜渡，从此结下生死之交；也许我的祖先和你的祖先肩上挑着全部的家当，挈妇将雏，一路彼此照应；也许我的祖先还曾领受过你的祖先一碗薄粥的恩惠，这样一个原本要中断的血脉便延续了下来……

因此，我要感谢每一个陌生人；因此，我将原谅生命里遇到的伤害；

因此，我将满怀感恩之情生活。

今天，当我站在祖先曾经路过的这个古老的渡口，猜想每一处的河山，细细追究可能隐藏着祖先踪迹的荒径古屋……

河山静穆，看到了一切，也收藏了一切，而岁月将祖先的踪迹和气息深深埋入地下或者化为轻烟，使人无可追寻。然而，今夜的秧歌舞蹈让他们的音容笑貌纷纷复活，他们和我们一样肆意挥霍着生命里单纯的喜悦。

这一夜，村子里所有的人在美丽的星空下，沉浸在欢乐里，复制着我们的祖先曾经的欢乐。我也加入其中，瞬间，我便成了祖先中的一员，在千百年前，在皓月之下，在群山之间，欢乐地舞蹈。尽管生命忽如白驹过隙，但是，此刻我在，我的生命在，我和我的祖先们都在！

永坪，永坪

在永坪，我度过了三年记者生涯。这是难熬的三年，也是难忘的三年。人有一种贱脾气，好日子像是一匹缎子，光溜溜地滑过，大脑的沟回里没有留下什么记忆，倒是那些艰难日子，记得清楚，想着有味。就像我童年的大杂院里，那位老红军捋起袖子，向我们炫耀伤疤，讲述差点被乱枪打死的经历，昔日的鲜血和惊悸早就忘记，剩下的只是岁月里留下的甜香。

一

永坪镇很特殊，很难一句话说清。

20 世纪 90 年代，随着石油经济的发展，它野蛮生长，畸形繁华，发生了翻天覆地的变化。白天是灰头土脸的农夫，晚上是美艳奢华的丽人。繁华的外表，乡村的气质，还有它那工业表情混搭在一起，你很难给它找一个确切的形容词。

永坪河闪闪发光穿城而过。它成了一道界线，一边是油矿，一边是乡镇。因为这一点，永坪在陕北的乡镇里似乎有了一种优越感，当其他乡镇因为人口的大量外迁而坠入凋敝的时候，它却一天比一天红火，人烟稠密，商店林立，很多外地人也纷纷寻到这里做生意。

而油矿反过来也沾着小镇的光，因为小镇使得油矿不仅仅是一个单调的工厂。很多同类的石油城，一到放假过年，员工纷纷回家之后，鸦雀没声的，街道上小鸟一跳一跳地啄食，难以掩饰的寂寞和单调。而永坪不是，它有一股人间烟火味儿，尤其到了晚上，霓虹灯的装饰下勾勒出一派繁华，大城市的娱乐享受，这里一样不缺。人们常常能看见，灯火通明的酒店里，摇摇晃晃出来一批醉客，有的抱住路边的树狂呕，有的躺在大街上死活不起来，颇有醉卧沙场君莫笑的豪情，没有人感到惊讶，这才是永坪。

永坪河右边的工业区，最显眼的是密密层层的油矿家属楼。它们仿佛横空出世，跟周围的荒山秃岭毫不搭界。这是油矿财力的象征。但这些楼房没有一间是我的，资历不够。

不远处是一片私家宅院，鳞次栉比风格各异，大家商量好了似的，外面一律贴着白瓷片，在阳光下闪耀着家境殷实的光芒。靠着油矿的带动，永坪迅速出现了一批富人。这是他们实力的象征。这里的房子也没有一间是我的，财力不够。

那时，富人们盖很多的房子，除了自己住，还有一个重要的用途就是出租，矿区楼房虽多，但也有很多像我一样的无房户。

我调到永坪工作，刚开始被安排住在职工宿舍里，每天在舍友噼噼啪啪的麻将声中穿梭——吃饭的时候打，睡觉的时候打，有时候一觉醒来，还在打。他们口里一边熟极而流地算输赢，一边嗑瓜子，手里哗啦哗啦地洗牌。年轻姑娘们的手上流行戴铂金钻戒，搓麻将的时候，在灯光下熠熠生辉。

打麻将是一项最常见的娱乐方式，原来我以为只有老年人才打，可是，我分明觉得在青年职工中打麻将更受欢迎，可以在无所事事中互相慰藉，可以把它当作交际的手段。我便努力地学，期望加入这个队伍，成为大多数中的一员。

可是，我的努力失败了，违心地做不喜欢做的事，最终的结果是很无趣。有人打麻将一天都不累，可我一个小时就会腰疼。我意识到，人还是要忠于自己的内心，不要强己所难。

下了班无处可去。短短的小街不到20分钟便走到了尽头，两边多数是饭馆，里面传来喝酒的吆喝声，这是麻将之外工人们的另外一种消遣方式——年轻人在酒精里消解过剩的精力，生意人在酒精里建立牢固的友谊，官员在酒精里站队划圈子。这些都与我无关，只能踅转身子回到麻将声声的宿舍里看电视，把所有的频道来回翻几遍之后，无聊缠绕在内心，大把的时间无处打发。

那时候觉得时间格外的多，多得令人发愁。

二

一个人应该有自己的私人空间。

我决定找一间房子。我不愿意下了班也处于集体状态下的互相窥视。找了很久之后，我终于找到了一间小小的房子，离上班的地方很远，可是这已经令我心满意足。

每天上下班的路上，我要穿越两个世界。先是永坪的富人区，我经常遇见一个小伙子，梳洗穿戴得干干净净，遛着一只浑身雪白的胖大狗。这狗活像一只小牛犊子，向前一扑一扑的，迎面遇见，吓人一跳。据邻家说，他爹挣下了千万家财，几辈子都吃不完，小伙子也就不用辛苦了，只要待在家里就行了，又说这狗贵着呢，每天只吃香肠，比过去的县长吃得都好。

可是富人区里，私人宅院富丽堂皇，公众场合却格外肮脏破旧，窄窄的街巷里，坑坑洼洼，垃圾遍布，散发着说不上名堂的怪味儿。狗的排泄物随处可见，没有人介意，可能是觉得狗和小孩子一样，是可以原谅的吧。

过了马路就进入矿区。矿区的一个特点是车多，各种车型都能见到：背着大油罐的泵油车浑身油污飞驰而过，车尾的输油管一荡一荡的，淅淅沥沥洒下来一路油滴子；拉土车轰隆隆开过来，扬起细细的粉尘，打在脸上粗粝的感觉，像磨砂纸；小汽车几乎是贴着人开过去，不知道是司机炫技还是行人太胆大。

远处的火炬终年燃烧，昭示着炼油厂的存在。当地人已经习惯了火炬和这种炼油厂特有的刺鼻气息，要是遇上炼油厂检修，火炬不再照亮夜空，许多老职工就会失眠，来回在家里踅摸，短了个啥呢？一时想不起来。至于那种气味，人们已经习惯了，久入鲍鱼之肆而不闻其臭，说的大概就是这个意思吧。

我有了自己的家，我是唯一的成员，我是我的伴侣，我是我的家长，任何事情我找自己商量。白天我是企业记者，晚上回家，顺便领略小镇的丰富驳杂。

我的房东告诉我，一个富人豪赌，一个晚上输掉了一座楼。他拿手指给我看那座楼，喏，在河边，白色的。我想象不出来这个人怎么那么有钱。房东一扬下巴，耍钱来的呗。

生活不总是喜剧。有一天出门，我看见好多警察围在永坪河边，树干上拉着警戒线。出于好奇，我也凑过去看，却看不出个究竟。问警察，原来昨晚上河边发生了一起杀人案，一个陪酒女被杀。这样的事居然在距离我的住处不到 100 米的地方发生。

这些事情都指向同一个方向，那就是，在我的生活之外还存在另外的生活，世界上还有为我所不知的人生。我把这件恐惧的事情说给同事听，同事年轻气盛，不假思索地说，活该！肯定那个陪酒女不是个好东西，要不半夜跟别人出去干啥？

原来还有这样的判断，人与人的距离真的无法丈量。

在永坪，如果你去一个普通的小饭馆吃饭，里面正好有几个人也在吃饭，一半嘴吃饭一半嘴闲聊，其中有的衣襟上有几个饭粘子，拿筷子的手亮出镶着黑边的指甲，或者谁干脆圪蹴在板凳上，一手举着大蒜一手打着手机，口里不停地说话，突然锐着嗓子笑骂一声，顺便吐出一口痰，地面上一个脆亮的回响。你可不要小看他们，一会儿他们半是炫耀、半是实情地开始谈生意，顺便捎一耳朵，你就会知道，他们多半是油贩子，靠着油矿吃油矿已经是这一带农民的脱贫捷径了。现在，他们已经有了豪车，盖了别墅，还有人开始离婚。

我的邻居是一个富人的外室，她是一个大学生，和我一样，是个油矿职工。富人给她买了一辆白颜色的奥迪，她天天开车上下班，十几年前，开车的奢侈带给她很多满足和荣耀。

可是富人在农村有家，有三个儿子，儿子们声言父亲要是抛弃了他们的母亲，就要卸下他的一条腿。富人没办法，只好把她安顿在这里。她是一个外地人，在本地没什么亲戚，也没什么朋友，或许她的选择让她早早脱离了同龄人圈子，成了一只单飞鸟。她年轻漂亮，然而一脸的寂寞，常常一个人站在阳台上望着不远处的永坪河，不知道在想些什么。永坪河在陕北的晴天丽日下闪闪发光，不紧不慢地往前流，我觉得女子的心事就像那河水，流不完。

我不知道该怎么和她相处，见面的时候会打一声招呼，然后擦肩而过。可是，我发现她也尽量回避着，不和我们打照面。

那有什么呀，这种事永坪多得是！拿青春换车子、房子的女子多得是。

还是那句话，永坪的丰富和驳杂远远超过想象。

三

下面该说一说我了。很长一段时间，我融不进这个地方，觉得它过于鲜明的工业气质硬邦邦的，不宜于生活，我甚至觉得我们不是在“生活”，而是在熬日子。炼油厂的高炉顶端有一个专门用来燃烧有害废气的火炬，我每天在它的照耀下，上班，下班。鼻腔里充满了来自炼油厂的怪味儿，说不上臭，只是怪，不是自然界的气息，是化学合成的结果，那气味就像一根针直接扎进脑子里，绝对不会中途涣散。

人们在一起，三句话不离本行，聊钻井工艺，聊裸眼井、爆炸井，聊炼油技术，聊有序采油，没有丝毫风花雪月的影子。就是一年里几次有限的文艺活动，大家喜欢的也是唱唱《咱们工人有力量》《我为祖国献石油》等老歌，总之，这是一个喜欢过集体生活的人群，讲的是“我们”而不是我，喜欢谈论国家集体，而不去谈论个人。大家穿着款式颜色一样的工衣，远看根本辨认不出来张三李四。就是业余生活也基本一样，男人麻将喝酒，女人毛衣电视。

而我游离于这个氛围之外，格格不入。领导掩饰不住对我的失望。我知道让领导失望不好，要努力获得青睐，可是转念一想，要是他不失望，那我就彻底对人生失望了，我愿意把更多的时间放在业余写作上，我觉得那才是我想要的生活。

我每天的工作是给电视台写新闻稿，难度倒不是很大，棘手的是怎么把一件很无趣的事说得有意思，其实，写了半天还是挺没意思的一件事。我看不出稿子里所报道的那些会议有什么意思，很多人的忙是伪忙，只为了让别人特别是领导觉得他忙，很多讲话基本是废话，谁也不会当真，很多人戴着面具生活，久而久之，那面具竟然揭不下来了。刚开始当记者的新奇感荡然无存。而且，我发现很多会议不去参加也照样能写出新闻稿，我们都不说“写”稿，而是“造”稿，制造的造，就像工厂制造鞋子、衣服那样，按照模具批量地造，只要时间地点等稍稍加以改动就成了。

即便是这样的工作，一旦忙起来，也是需要加班至深夜的。记得有一次，要连夜赶制一个专题片，我从中午开始进入机房编辑，先做音频，然后配图像。这个工作只有干过的人才能体会一秒钟意味着什么，一眨眼意味着什么。一秒钟有二十帧，一个画面顶多四五帧，意味着一秒钟要配至少四个画面。而一部专题片至少二十分钟。

干完活回家已经是下夜四点，才发现天降大雪。雪花从深远的苍穹无尽落下，永远落不完似的，细碎的雪粒子扑在身上，扑在脸上，世界淹没在洁白与清冷中，我走在没过脚踝的雪地中，万籁俱寂，耳边只有“咯吱咯吱”的声音，那声音至今难忘，寒彻心肺。那时，多么盼望有个人影出现，好向我证明这是人间，但是没有，永坪在大雪中沉沉睡去，连路边的石头也睡过去了。

这寂寞让人感到有种危险潜移过来，甚至靠近了我，惊惧中左右看看，没有，什么也没有。悬在嗓子眼的心放下了。可是，一会儿心又开始狂跳起来，几乎要跳出来。

这是最恐怖的一夜，我至今难忘。

一转眼，我已经离开永坪十年了。

十年里发生了很多事情，油矿大搬迁，到了一个更大的城市。失去了油矿，永坪被一棍子打回了原形，迅速凋敝。有一次我路过，想不到永坪已经如此荒凉，街道上半天没有几辆车，也没有多少人，只是油矿小区的门口坐着几个白发老人，他们大声谈笑，聊着当年永坪的繁华和兴旺。

车渐走渐远，心里不知怎么忽然感到异样，眼泪落了下来。

白城子

一

坦荡的天空下，毛乌素沙漠徐徐打开自己，就像打开一卷历史。在天与地的交接处，白云升腾，似千军万马列队而行。炎热的风从远方吹来，芨芨草和红柳簌簌作响，仿佛悄悄耳语一个不为人知的秘密。

统万城的废墟像一堆散落在荒原上的遗骨，在北方强烈的阳光下，发出耀眼的光芒，刺得人眼睛都睁不开。当地人并不知道"统万城"这个略显典雅的名字，只因其城墙一片雪白，他们叫它白城子。我觉得这个名字比统万城更动听。

盛夏的热风烤得皮肤微微发痛，好像刀片在轻轻地刮。痛觉告诉我，眼前的一切是事实：此刻，我是真切地站在了白城子的脚下。

多年前，它是我的一个梦。那时，我还是个孩子，整日坐在家门前的弱水河边，默默地看那细波一闪一闪，光阴一寸一寸消逝在里面。弱水河穿过家门前的那片幽蓝的树林，一直到遥远的居延海。听爸爸说，骑马一路向北，整整走三天就能到居延海。那时，我的世界就是我所居住的小镇，居延海在我的世界之外，我常常痴迷地幻想外面的那个世界。有时一直坐到傍晚，从树林那边传来母亲的呼唤，我才站起身，离开到处弥漫着沙枣香味的小树林。

有一天，老师给了我一本书。寂寞的童年里，读书是我唯一的乐趣。只有在书中，我才能离开小镇，离开日常生活，离开难以为伍的同龄人。从这本书里，我知道2000年前我所生活的祁连山脚下有一个强大的马背民族——匈奴。弱水河和居延海本是他们饮马栖息之地。弱水河边那些烽火台上曾经点燃过滚滚的狼烟。我还知道远方之远，有一个叫统万城的地方，它是匈奴所建的大夏国国都。据说那城墙无比坚固，当初修建时，是用糯米汤浇铸，监工用锥子扎进一寸，筑墙的役夫便要人头落地。我想不明白的是，这个像月光一样皎洁的城堡，怎么会如此血腥和野蛮。

我不曾想到，有一天我会真实地站在这白色城堡下，仿佛看见那些彪悍善战的匈奴人从历史中纷纷复活，从弱水河、从居延海、从威风凛凛的大夏国统万城里连绵不断地涌出、涌出、涌出。金戈铁马，铁蹄铿锵，东征西讨，血流成河。强悍的民族企图用弓弩和弯刀征服整个世界。

残留的城墙上有废弃的窑洞，如今已完全塌毁。它们大张着口，一副惊愕的表情。如果近前细看，似乎还能感觉到那里残留的人烟气息。大炕上依旧平平整整，想必在若干年前响起过沉睡的鼾声，啼哭过初生的婴儿。母亲的奶香和歌谣似乎还停留在空气里，并没有随风逝去。灶台上一定煮过热气腾腾的饭菜，高高的城墙上站着怀抱婴儿的女子，手搭凉棚眺望归家的人。他们是当年匈奴人的后裔，一代一代生活在荒凉的沙海，苦苦守候着这座死亡的城池。

如今，他们也不在了，他们都到哪里去了？是否像天边的白云一样飘散，飘到未知的天涯？

有一个窑洞，窗棂被风雨洗刷成了白色，尸骨一般的白。窑洞的主人早已不知去向，门却锁着。也许想着有一天还会回来，不料，这一走飘蓬一般再也难回转身。那把锁早已锈蚀斑斑，锁不住的风将窑洞涤荡得一片荒芜。流沙不动声色地侵入墙院，占据了牛圈、羊圈，甚至窑洞，将这里曾有的人迹一点一点吞噬。

二

废墟周围的野草长得无比热闹，修长的芨芨草、灰绿的沙蒿在风里轻轻摆动，意态悠闲，仿佛千百年来就一直这么生长着。不知名的虫子嘤嘤鸣叫，恍惚间听得，好似千年前皇宫里的细乐奏响。蝴蝶翩翩于野花之间，孜孜不倦地寻访，是不是千年前筑墙死去的魂灵所化？

太阳光越来越强烈，像射出一个个细小的箭头，扎在皮肤上，微微的刺痛。一览无余的沙漠，一切都在光天化日之下，阳光的炽烈，无处躲藏，人只能硬着头皮承受。

承受阳光的还有野花。淡紫色的野菊花在风里摇头，朴素亲切，宛如邻家女孩。泡泡草高举着一串串艳紫色的旗帜在风里飘呀飘的，可是千年前统万城迎接凯旋将士的旌旗？

一种不知名的野花引起了我的注意，我从来没见过开着褐色花朵的植物。

一开始，我以为它们是隔年的枯叶，一直忽略它，它也忍受着我的忽略，使劲将褐色的花朵举向阳光，似乎在竭力地呐喊：看这里，看这里，看这里！我终于发现脚下的褐色植物上有微弱的光泽，并不像是枯叶。于是，蹲身细看。这大概是世界上最不起眼的植物，披针形的叶子，绿中带灰，毫不打眼。花朵是赭中带褐，米粒一般细小。尽管我知道世界上还有一种黑色的花朵，可人家是名贵品种，属于花中的贵族，是养在温室里要人小心伺候的。这褐色的花朵开在罕有人迹的地方，又天生的不美，注定了被人们忽略的境遇。

来过这里的人，有谁会注意到脚下开放的褐色小花？我一路走过去，竟不断地发现它们，在阳光下，在风中，倔强地开放、开放、开放。

三

站在白城子任何一角眺望，都会感觉这个城并不大，抬眼望去，一览无余，四角的城堡仿佛不费吹灰之力抬腿便可跃上。当我企图攀登这白惨惨的废墟时，发现我的眼睛欺骗了我，城堡看着近切，就是走不到跟前，就像童年的时候，开门就看见祁连山，却怎么也走不到山脚下。而且，那些城堡看着也不高大，等走到近处猛然发现，人忽然变得那么小，那么小，巨大的城堡威压过来，似乎随时要将人埋掉。

奋力攀爬于城堡之上，极目天际，只见黄沙漫漫，荒草萋萋，顿生无比悲凉之感。

1600 年前，一个空前混乱的时代。大夏王朝的开国皇帝赫连勃勃站在城墙上遥望天际，曾豪气干云地说："这个地方真美呀！土地肥沃，水草丰美，我走了那么多地方，没见过比得上这里的！"可见，眼前的这片沙漠曾经是绿草如茵，人烟稠密。那时的赫连勃勃年轻英俊，精力旺盛。他梦想着横扫天下，建立一个马背上的帝国，于是将国都定名为"统万城"，将四个城门起名为"招魏""平朔""朝宋""服凉"，幻想着四方来贺、八方朝贡的情景。这是一座积贮了赫连勃勃的梦想和雄心之城。从头曼、冒顿到阿提拉，几乎所有的匈奴王无一不曾做过这个美梦。

可是如今，他们都到哪里去了？在岁月和风雨中，统万城洗去了铅华，洗去了所有的荣耀和梦想，越洗越白，成了一贫如洗、月光一样白的白城子。

和任何王朝的命运一样，赫连勃勃死后，内讧和征战使这个迅速崛起的草原帝国迅速衰败下去，仅仅25年便走完了自己的历程。一座梦想君临万邦的城市在时间的洪流中，渐渐荒废，直到化为白骨。

四

坐在城堡的废墟之上，偶尔听到草窠里的虫鸣，却觉得四围一片寂静。有风从远方徐徐降临，丝丝入扣侵入每一个汗孔。伸开五指，感觉风从指尖流过，待要努力遮挽，却轻扬远逝。抓不住的不只是风，还有时间。没有什么能抵抗时间。

同伴们在讨论，如果生在大夏愿意做什么。我的脑子迅速搜翻世界上最好的东西。在空想世界，权且过一把瘾，那么就做个美梦吧。

做赫连勃勃的王后如何？多么高贵荣耀！可回头一想，当年赫连勃勃为了争霸草原，不惜对丈人莫弈于下手——当年，在赫连勃勃被人追杀、潦倒落难之时，莫弈于收留了他，并把女儿嫁给他。一个敢杀岳父和恩人的人，对妻子能好到哪里去？

那么做公主吧，公主是美丽和骄傲的代名词。可是在天下大乱的十六国时期，国家之间的联盟往往是以女妻之，公主只是一个战争筹码，至于爱情和幸福，那是不可能的事情。

那么做个王子吧，未来的权力执掌者。有人说，权力是男人的魅力象征。赫连勃勃的三个儿子璝、伦、昌，为了争夺王位，不惜自相残杀。连正常的天伦之乐都没有，还有何幸福可言？

我想了又想，还是做个牧马人吧，天天在草原上纵马驰骋，多么惬意。可是征伐的铁蹄随时会践踏我的家园，而我，随时会手操矛戈冲锋陷阵，然后像万千征夫一样，默默无闻地死在疆场。“可怜无定河边骨，犹是春闺梦里人。”说的就是我。

在一个乱世，任何人的幸福都是空谈。

白城子只是一个乱世的符号，它的废墟暗示着一切荣耀只是过眼烟云。归去途中，无意间回首，燃烧的晚霞中，白城子无比艳丽、无比凄凉。

寂寞五当召

五当召像一个哲人，静静地存在于世界之外，既不张扬，也不隐退。如今，我仿佛是一个与人群失散多年的梦游者，轻轻走近他，生怕惊扰了他的冥想。

阴山像一双巨掌把热闹的世界挡在了外面，两个世纪前，这里树木繁荫，山峰叠翠，流水淙淙，水草茵蕴，牛羊、麇鹿遍布原野。本地地方志曾记载，当年五当召的创立者阿旺曲日莫为寻求一处佳地，翻山越岭，走遍了内蒙古大草原，有一天他登上高山远眺，忽然一只苍鹰俯冲下来，抓起他的帽子向北飞去，阿旺曲日莫穷追不舍，趟河攀岭，来到这里，而他的帽子正挂在一棵柏树上。于是，五当召建于此地。

“五当”是蒙古语，柳树的意思，“召”为寺庙之意。它是18世纪内蒙古大草原上藏传佛教的著名学府，也是解读藏传佛教的一把钥匙。

这是一处相当独特的所在，敦厚结实的墙体，平顶无檐，无中原古典建筑飞檐斗拱的飘逸感，却有藏民族所特有的稳重厚道的豪迈气质。

五当召是藏传佛教的圣地之一，规模仅次于西藏大昭寺和青海塔尔寺，据说这里当年香火旺盛。

我庆幸它没有沦落成“文化搭台，经济唱戏”的角色。它冷静、平和、不亢不卑地存在于那里，你可以走近、阅读、玄想，却不可以肆意喧哗。

遥想当年，广袤的内蒙古大草原上，那些一生守护着牛羊、辗转迁徙的人，撇下毡房里的妻儿，牧场里的牛羊，拉着骏马，驮着整羊、茶叶，越过千里草原，从四面八方聚集到这深山寺庙前朝拜佛祖。尽管我是个无神论者，但我仍能体味到朝拜者在沐雨栉风中所独有的精神快乐。

朝佛，也许只是为了给精神寻找一条出路、一处归宿。

我长久地立在洞阔尔殿宽大的台阶上，天风吹过，带来远处草原的清香。我感到通体被风穿透。

八月的草原，秋风吹起的仿佛是人生的凉意，在一切都像风一样不可捉摸的今天，变化是唯一的真理。但是，当变化真的逼近到眼前时，我又是那么茫然失措，像个迷路的孩子。我伸手想挽留住风，风还是迅速地从我指尖滑过，轻扬远逝。

我转身看看背后的洞阔尔大殿，它还在，门前披着绛红色袈裟的老僧也还在，他们并没有随风而逝，还留在原地一动不动。风只能带走它所能带走的。

走进大殿，殿内光线昏暗，正中供奉着甘珠尔活佛像，其实他只是一个比喻，一个象征。千里迢迢赶来朝拜的人，朝拜的是内心的佛。

神是否存在，人们争论了几千年，任何存在与否的举证，都能找出大量的反证。也许宗教所能提供的只是一种方向，一种理想，一种永不能到达的彼岸，人正是在追求途中获得心灵的喜悦。所以，信仰什么并不重要，重要的是人在崇仰过程中所表现出来的精神、气质，谁也无法漠视那种坚定不移的精神。

门前老僧那宽大的绛红色袈裟在风里一鼓一鼓的，人却一动不动。

他看着我，又好像是看着我背后的远山。旁边是一只大法轮，据说，转它一下，等于念十万次“六字真言”。我使足了力气，心里默念着那些亲切的名字。

宗教号召人去爱人，爱一切人。当然，其中一定包含仇人，那么有没有一个爱仇人的胸怀？当胸怀中插满利刃犹能隐忍？我的手停顿良久，还是再一次转动法轮。人的快乐包含着宽恕，宽恕他者等于解脱自己。

我小心地迈过当圪希德殿的门槛，脚步轻轻，生怕惊动诵经的僧人。这些年轻的面孔，目光洁净，表情单纯。旁边的壁画昭示着五当召的十重戒，四十八轻戒。我曾多次琢磨过一个问题，为什么几乎在所有的宗教中都有戒律，给人划定一个不能为的禁区。或许人活一辈子，只能做好有限的几件事，许多事不做，才能做好想做的事。倘若样样占全，势必样样做不好。戒律的智慧正根植于此。譬如快乐的原因也正在于有所达不到。

正午的阳光下，我站在五当召最高处，看大片大片的云影掠过山峦，那些阴影迅速移动，反倒让人生出无比寂寞的感觉。

一只苍鹰箭一样冲向天空，是不是当年叼起阿旺曲日莫帽子的那一只呢？它越飞越高，直至成为一个黑点，悬浮于苍穹，那么孤独，那么傲慢。

城市鸡

想起外婆，也就想起了外婆养的那一院子鸡。

小时候，每每到了外婆家，我便格外淘气，不是惹得鸡飞狗跳墙就是逮一只大公鸡骑着玩，直到外婆出来喝止，院里才能重归于安宁。

记得一次下蛋特别勤的那只叫“灰背”的鸡想吃小姨嘴角的一粒白米，扑扇着翅膀跳起来啄，打翻了碗，吓哭了小姨，气得外婆边骂边拿起扫帚打。可灰背毫不在乎她的愤怒，轻松蹿上墙，咯咯咯地来了一段清唱，以示胜利。后来，这只极肯下蛋的鸡不知被谁打断了腿，视鸡如“银行”的外婆心疼得要命，站在院门口，小脚儿一跳一跳地哭骂了两三个小时。

外婆生活在农村，那么她养的鸡就是农村鸡了。为了区别，我把那些现代化养鸡场里的鸡就叫城市鸡。

城市鸡如同城市人一样，触目惊心的拥挤、嘈杂，两千只鸡挤在一个鸡棚内，一尺见方的铁丝笼内塞着两只鸡，别说跑跑跳跳，就连伸伸翅膀、转个身子都不可能，整个儿头碰头、腿碰腿、身体撞身体，并且只能以站立的姿态过完它们被人为设定好的五百来天的一生。

这使我想起了身居城市的自己。空间的狭小逼仄驱赶着人们不得不越靠越近，而身体的无限靠近，反而使心灵日渐疏离，于是在摩肩接踵的人潮中，倍感孤独与寂寞。我不知道和人一样趋向于无限接近的城市鸡有没有感觉到这种因热闹和亲密而滋生出的孤寂。在一天又一天无止无休雷同的日子里，它们是否觉得一生了无意趣？

而农村鸡自由多了，院里院外、田埂深巷哪里都可以溜达，有的一头扎在墙根草窠子里觅虫子，有的三五一伙卧在向阳处晒太阳，时不时叽叽咕咕闲谝几句，精力过剩的公鸡们打斗一番，赢了的引吭高歌亮一嗓子，引得怀春的小母鸡们纷纷引颈张望，抛以媚眼。

城市鸡没了自由，但有的是现成的水和食料，铁丝笼前面设置了水槽和食槽，鸡们只要伸伸脖子就可以安享水和饲料，不像农村鸡那样，这个旮旯寻寻，那个角落刨刨，十步一啄、百步一饮地辛苦觅食，有时为吃一粒米还得冒挨打的风险。一边是安逸享乐，一边是自由自在，我不知道城市鸡和农村鸡谁更羡慕谁。

被羁押的城市鸡集体吃食时看起来很壮观，几千只铁笼中的鸡像军人似的齐刷刷排三排，笃笃笃啄食像下起了雨，红红的鸡冠像一簇簇火苗在跳动。所有的鸡只有一个品牌名“浪漫”，清一色白毛红冠，分不清谁是谁，好像克隆而成。

我记得外婆家二十多只鸡个个有名字，什么灰背、大白、小黑、花花、长尾巴……

鸡的嘴巴，在文言文里有一个很典雅的词“喙”。这个词现在除了在生物学中偶尔提及外，基本上已经被人遗弃了，甚至有些电脑的字库里也不收，而小鸡正是靠它的尖细锐利的“喙”啄破黑暗，迎来了生命里第一缕光明。在鸡的生长过程中，喙的作用就大了，可以啄米粒、草籽，掏洞中的呜呜虫，嗑开花生壳吃果仁；还可以当梳子，爱美的鸡可以梳理羽毛，打扮自己；公鸡还可以把喙当作武器招架打斗。但是精于计算的饲养者怕鸡刨食出槽，为了降低生产成本，追求利润的最大化，发明了一种叫“割喙器”的工具，将鸡的“喙”这一上天赐予之物给割断了。于是它们残损的嘴巴只能勉强用于吃食喝水，再也派不上其他用场，也丧失了娱乐功能。

城市鸡一生唯一的活计就是生蛋，鸡棚内吊了十几只灯泡，晚上也明晃晃地亮着，以延长“白天”，打乱它们的生物钟，使它们多下蛋。城市鸡如同城市人，工作很勤奋，平均下六到八个蛋才歇息一天。

大约三百八十天后，透支体力的鸡们产蛋率下降，失去了饲养价值，就被人毫不犹豫地从铁丝笼内拎出来送往屠宰场，放血、拔毛、开膛、肢解尸体，城市鸡的一生就此结束。鸡胗、鸡肝、鸡爪成了人们下酒的小菜；鸡脯、鸡腿夹在汉堡包内高价出售；鸡的尸体是人们嘴里的一道美味。

忍受着鸡棚里鸡粪和合成饲料散发出来的怪味，我走近前去，看着一只被锯去了喙的鸡，鸡也吃惊地举着残喙茫茫然看着我。

它注定是一个无父无母无儿无女的孤独者，从啄破蛋壳，探出毛茸茸的小脑袋那一刻，它就没见过妈妈，现代化的孵蛋机钢筋铁骨面无表情地用适当的温度经过三七二十一天将它们孵出壳，然后鸡场工人将鸡崽儿大批量圈养在一个温度适宜遮天蔽日的塑料薄膜棚内，喂它们以混着催长素的精饲料，催其早熟。一百天后，提前结束童年的鸡崽儿们被塞入铁丝笼上架产蛋，开始了日复一日的产蛋生涯。

这些品种叫“浪漫”的鸡，不晓得童年是跟在老母鸡肥胖的屁股后面，捉到一只虫虫便细声细气叫着“好吃的好吃的好吃的”；到了晚上躲在老母鸡宽大厚实温暖的羽翼下做梦。不晓得青年时期应该享受俊朗健美的大公鸡热烈的追求，羞答答地接受它赠送的胖虫虫，欣赏它卖弄歌喉喔喔啼唱情歌，在开满黄花地丁、紫花地丁的路边田埂男欢女爱。不晓得除了难吃的劣质饲料外，田野里还有肥肥青虫、胖胖蚱蜢、香香米粒；还有蓝天白云，清风过耳，风雷雨雪；甚至还可以跳上墙头扑扇翅膀来一段短距离滑翔。

在鸡棚，我的目光穿过笃笃笃忙于吃食的鸡们，看到它们只不过是肉和蛋。此时，我不知道它们是否知道自己的未来。我真希望有一只鸡做这个群落的叛乱分子，咯咯狂啼着跳起来，扑打着翅膀逃离城市，亡命天涯。

第二辑　独树

独树

天池，是大地的眸子，深邃而安静。当我千里之外赶来看她，她似乎也在看我，眼神那么专注，似乎有一些忧伤。她是那么蓝，专注的蓝，忧伤的蓝。

雪峰四面围合，就像一只巨掌，把天池轻轻托在掌心。湛蓝的天空，雪山绵延，能看得清雪线以上生长的云杉，端正笔直，精神抖擞，在强烈的阳光下好似站岗的哨兵。一路上看见的都是雪岭云杉，没有例外。

但是，就在天池的旁边竟然生长着一棵榆树，准确地说，是小叶榆。天池周边是清一色的云杉，只有它是个异类，孤独地站在那里，显示出巨大的差异。

我走近细看，实在看不出它和陕北的榆树有什么相似之处，陕北的榆树，应该说还算得上好看，就像女子里的中上之姿。陕北的榆树树干高且直，叶片是美丽的羽状，左右对称，中规中矩。陕北人很喜欢这种树，院子里或者大路上经常能看见它们。五月天，布谷鸟透过新绿的树影，开始悠悠地唱。天气已经让人微微地出汗，榆树一身鲜绿，在风里挥霍青春。农人干活累了，坐在地垄边一棵榆树下，喝一壶粗茶，便是莫大享受。

而这一棵天池边的榆树，树皮粗糙干裂，树身极度扭曲。那是怎样的一种扭曲呀，好像在地狱里受过酷刑摧残又死里逃生，却被无形的巨手钳服于地，又几次三番挣扎向上，结果还是被死死打压在地。

已过了初夏，只看见浅灰色枝条上生出小小的叶苞，如同孩子的嘴巴一样紧紧努着，显得那么倔强，一副不谙世情的模样。

谁也说不清这棵树是如何生长在天池边的，是鸟把种子衔到了这里，还是谁在这里栽种？不知道。总之，在这里，它是一个异类。和周围高大俊美的云杉毫无干系。他们说，这棵树已经活了几百年，也就是说，孤独了几百年。

现在，它的孤独使它成为一处独特的风景，千里之外赶来的人们惊叹了天池的美之后，都会来到这棵小叶榆旁，再一次惊叹它的独特，和它拍照留影。也许人们永远都搞不清楚，作为某种环境中难以融合的异类，与周围格格不入，却还能够努力活下去，要付出多么大的代价！

我给这棵榆树拍了很多照片。它那极度扭曲的树身，灰头土脸的枝干，没有丝毫通常意义的美感。但是，孤独却使它超越了平常，拥有了非凡之美。

有时候，我们不敢选择一条属于自己的路。因为那是一条孤独之路，坎坷之路。我们随大流将自己安全地隐藏于众人之中，是为了避免拥有和这棵小叶榆一样的命运。我们选择了安全，也就选择了平庸。是否，在我们的随和里隐隐包含着懦弱和胆怯？

树的箴言

我深信树是人类的老师，当人向他求教，他总会以恰当的方式告诉人该如何去做。

树，稳稳地站在大地上，坦然，从容，平静。它用高大的身躯、强壮的臂膀支撑着一片蓝天，独自面对着大自然的流岚彩虹、风雷雨雪。

而他的根却不动声色地潜入了地心，牢牢拥抱大地，与大地血肉相连，不离不弃。

他也有心啊，年复一年的岁月更迭，在青枝绿叶上看不出痕迹，但是他把岁月刻成了年轮，一圈又一圈的年轮，便是他写下的生命的日记。

阅读一棵树所汲取的智慧，远比阅读一本书的收获更大。一个人如果与树结成了朋友，那么他的精神资源是不会枯竭的。宋代的林和靖“梅妻鹤子”被人视作孤僻行状，但是我却深知其中滋味，有谁比得上一棵树所给予他的审美享受和精神支持呢？

树的智慧与美德，远比人类更加深广和纯粹。如果你在路上遇到了什么困难，不妨静下心来，向树请教。如果你理解了一棵树，那么无形中树已经陶冶了你，提升了你。

一

一个秋天的傍晚，几年来一直生活在沮丧和自卑中的我一口气奔上山顶，看到落日如血，天空无比澄澈无比寥落。

山脊的那一端，蜿蜒的羊肠小道边有一高一矮两棵树，树干和枝叶被夕阳镀上了一层耀眼的金色。那棵高大的是白杨，颀长、秀丽。秋风刮过宽大的叶子，哗哗作响，说不出的潇洒和倜傥。而旁边的另一棵，说不上是什么品种，极有可能是一种灌木，五短身材，粗皮糙肉，枝叶无规无矩，张牙舞爪，但是细细看去猫耳朵似的叶子上铺着一层密密的白绒，柔嫩而坚韧，每一片叶子似乎都在努力生长，透着一股子勃勃向上的欲望。谁都知道，任凭他怎么努力都不会比身旁的白杨更高大、更标致，但是不见他丝毫自卑，所有枝柯尽力向上伸展，每片叶子都支棱着，不见丝毫萎靡。

黄昏将两棵树定格成黑色的剪影，在平等的对视中，高大的不见傲慢，矮小的不见卑微，他们都做到了自己所能做到的最好。从此，我不再抱怨生活。

二

当我走过云南，阅过风光无数之后，记忆中印象最深刻的是桉树。在这个绿色的世界，满山满坡、满坑满谷都是树，从妖娆的凤尾竹到平庸的马尾松，每一种植物都在挥霍着绿，那么奢侈，连空气仿佛都沾染上了绿色。

滇藏公路边的桉树，大概是这绿色海洋里最不起眼的一种了，在这个游人喧闹的地方，目光和相机聚焦在那些著名的风景区，没有人会注意到他们，他们温和而沉默地立于道旁，被走马观花的眼睛漫不经心地扫过，承当着一次又一次的冷遇。其实也算不得冷遇，曾经被“重视”过的才会有被“怠慢”之感，桉树也许从来没有被人“重视”过，所以，当人们视而不见地从他们的身边走过时，他们是心平气和的。

但是，桉树身上那些触目惊心的伤痕让我驻足，酷似被鞭子抽打过，他们身上的鞭痕历历可见。所有桉树的树皮纹路一律向右呈旋转状态，风的意志在这里留下了深刻的印记，许多桉树连皮都没有了，可以想象，在狂风撕扯之下，那些树皮摧折断裂被疾风迅速卷走的情形，桉树们露出洁白光滑的躯干，衣冠褴褛，狰狞可怖。仰头望去，蓝天之下，桉树的树冠苍翠茂盛，阳光映照，树叶闪闪发光。我的母亲在我小的时候常常唠叨一句话：“人活脸，树活皮。”但这话放在桉树这儿是不灵验的。

也许到底是树，活得简单，比不得人，人遇到巨大的困苦会责问命运：为什么如此不公？可是树不会思考这些看似玄奥其实无用的道理。面对无法更改的命运的安排，他们只能服从。哪怕被高原的烈风剥了皮，也要活下去！那失去了树皮的桉树靠什么活下来，我不得而知。我问身边的导游，善讲自编“神话传说”故事和所谓“段子”的导游说，这个问题太奇怪了，还没有一个游客关心过这些桉树呢。面对桉树，当人们背转了身体的时候，我的目光却久久停留，细细抚摸他们身上的每一处伤痕，泪满眼眶。

三

如果没有到过原始森林，便不算真正来过西双版纳。这里所有的植物都在争夺有限的每一寸土地，只要有一点儿土壤，种子们便会发芽，萌出绿叶，向阳光致敬。

绿意厚重的原始森林里，所有的树木异常高大，力争上游，向高空发展。在有限的空间里，谁在高度上获得优势，谁就有了生存的优先权。在这里，三四十米高的树木随处可见。在我所栖居的黄土高原，在缺水的北方，树们比的是根系的发达程度，谁的根扎得越深，谁就能尽可能多地获得水分和营养，谁就获得了生存的权利。

但是对于一棵异常高大的棕榈树，命运还是严酷了点儿。这棵棕榈树被附在身上的榕树所生出的无数条气根牢牢缠住，粗壮的树干已朽烂，失去了往昔的伟岸，只剩下颓唐。

我能想象一个偶然的事件如何导致了这棵棕榈树的噩运。

阳光的午后，一只小鸟轻捷地飞来，落在棕榈树宽大的叶片上，唱唱跳跳之后，累了，歇在叶柄上，并偶然地排出了一点粪便，其中有一粒未消化的榕树的种子。那是一颗充满野心的种子，他终于死里逃生！一旦有了生存的机会，他是绝不会放过的！没多久，长出的气根便向四处衍生，将棕榈树紧紧缠住。借着棕榈树高大的身躯，他不断向上攀缘，去争夺阳光，而气根插入棕榈树体内汲取营养。可怜的棕榈既不会逃跑，也不会呼号，更不会自卫，听凭榕树的侵占与掠夺，没多久便只剩下腐朽的空壳，而榕树则枝繁叶茂，在天风中歌唱。

面对这植物界最残酷的“绞杀现象”，刹那，我悟到，世事也不过如此，有时偶然决定命运。

邂逅

清晨，凉爽的风从窗外吹进来，白色纱帘一鼓一鼓的跳着舞，我坐在桌前喝牛奶，忽然觉得手臂上痒酥酥，原来，一只小甲虫不知什么时候“空降”到我的手臂上。

这是一只漂亮的瓢虫，圆溜溜的身子，有黄豆那么大；红艳艳的两枚翅膀上点缀着几粒黑星星，显得很俏皮。我猜不着它为什么孤身一虫，是旅游？探险？还是因为……失恋？原谅我一下子就想到这里，昨晚上看了一部爱情片，害得我掉了不少眼泪。就是这个样子，我们已经在生活中找不到爱情了，只好在别人的爱情故事里掉自己的眼泪。

我记得上学时老师讲过，瓢虫分益虫和害虫两种，可是怎么区分，我却一点儿也想不起来了。真后悔念书那会儿上课不好好学习，影响到连这只小瓢虫是“良民”还是“刁民”也分辨不出来。可这并不要紧，我一向不以出身论英雄。反正它很可爱就行了，它的出现让我一下子感到一种无可名状的喜悦。

小瓢虫在我的手臂上费力地攀爬，我一贯自认为十分光滑的两只

“玉臂”在小瓢虫的参照下简直“杂草丛生”“枝柯纵横”，它简直是在“原始森林”里探险，活像当年哥伦布刚刚踏上美洲大陆。纤细的足“披荆斩棘”踉踉跄跄地前进着，有时一脚踏空，整个身子都趔趄着几乎翻倒。我看它实在艰难，就把右手的大拇指放在它前面，果然它像见了救星似的，轻快地爬上了这只“诺亚方舟”，手指毕竟光滑多了，小瓢虫前进的速度快了许多，像一辆漂亮的迷你小轿车从乡间小道驶上了高速公路。

我忽然想，来的都是客，既然上了门，我理应热情招待，略尽地主之谊。每每家里来了客人，我就要给客人沏茶倒水再削一个苹果什么的，可我却不知道小瓢虫的口味，应该拿什么去招待它呢？想一想就把牛奶滴一滴在手心，等它前来啜饮，没想到它高贵而矜持地从这滴“巨大”的牛奶旁走过，连眼皮儿也没抬一下。都怪我上学时没学好生物，不知道这小瓢虫的口味。忽然想起我的同事用饼干屑喂孔雀鱼，几天工夫孔雀鱼就长得肥头胖肚的，于是，我放了一块饼干屑在它面前。哪知它吃了一惊，像半道上遇到强梁似的，吓得夺路而逃，一直逃到中指指肚上。想想也对，这一块饼干屑在小瓢虫的眼里简直是一只巨大而丑陋的怪物呢。

巴掌的面积毕竟太小，小瓢虫兜了几个圈子之后爬行的速度慢了下来，大概觉得没什么好玩的，熟悉的地方没有风景，就开始向我的手臂爬去，我考虑那里“植被”太过稠密，不便于“旅行”，就把手掌靠在窗帘上，它好像知道我的心思，很默契地径直爬上了布帘子。

这布帘子大约 4 平方米大小，上面开满了各式各样艳丽无比的花，小瓢虫必将在这片“广阔天地”里大有一番作为。它爬得很快，一会儿工夫就爬了好远。忽然，它停了下来好像在思考什么问题。

“一定是方向问题。”我想。

看来“往哪里去？”“该怎么走？”不仅仅是人的苦恼。

待了一会儿，它竖起两枚漂亮的翅膀想要飞走，犹豫了一下又收拢——它决定继续往上爬。

夹在布帘顶端的夹子穿在一根细铁丝上，这回小瓢虫可真的是遇到了“虫生大事”，彷徨不知该进还是该退。

我仰着头看了半天，脖子有些发酸，低下头活动活动再仰头看时，它已经不见了，我以为它爬到帘子的另一面去了，看看没有，哪去了呢？忽然，它出现在细铁丝上，表演起了高空走钢丝！原来我的小瓢虫还有这一手！

只有我一个人在底下笑着，为它拍手，它动作潇洒而娴熟，全然没有电视上杂技演员那份小心翼翼一脸紧张的样儿，并且速度很快。忽然它掉下来了！“一失足成千古恨”！我一惊，忙伸手接，不料它跟我开了个玩笑，耍了个花样，从钢丝下面反着走，然后再爬上去再掉下来，如此三番五次。

就这样，我们两个——唯一的演员在做精彩的表演，唯一的观众在使劲拍手叫好。

桌上的闹钟提醒我该上班了，我只好恋恋不舍地出门，这只小瓢虫知不知道有一双欣赏的眼睛一直追随着它呢？

生日

生日这天我离开家，独自逃离了人群，前往一处隐藏在青山深处的水边，不知道为什么，我觉得这一天必须静下来想一想了。好比一个走了很多路的人忍不住要回头看看，也许因为走过的路决定了将来要走的路。

在这个生日之前的许多日子，平滑顺畅得像缎子。没有丝毫芥蒂，因而也没有多少记忆。一个人负担太重了会痛苦，但是如果没有了负担，同样会痛苦，因为空虚一样会折磨人。我坐在水边一块突兀的石头上开始洗涤我的裤腿，在来的路上走过一片看似平整的草地，没料到一脚踩下去陷入烂泥中，费了好大劲才拔出来，已经是两腿黑泥，看来坦荡敦厚的草地也会暗藏“阴谋”。

可我并不懊丧，以往的经验使我发现，当你倒霉透顶时，平心静气倒比垂头丧气要好得多。这时，我想起一个笑话：下雨天，一个农夫不紧不慢地走路，别人劝他快跑，他说，跑什么？前面不也在下雨？现在想来这个人简直大智若愚，若前方无处避雨，跑和不跑又有什么区别？

还不都是落汤鸡？再说，不跑还能省省力气。

这实在是一种豁达超然的人生态度，值得我效仿。所以，我满不在乎地拖着两条泥裤腿走在乡间小路上，惹得过往行人纷纷回头看我，当时我得意地算了算回头率，高达百分之九十二。

温润、清碧的水中不时有银光跃出，那是鱼苗在撒欢。鱼在生命中除了游泳、觅食别无他求，因而它快乐。而人不行，因为人还有思想，所以，人不如鱼快乐。其实，生日理当也是快乐的，从前在一次又一次生日祝福中满以为以后还会有大把大把的年华供自己随意挥霍。终于到了这一个生日，我猛然明白“无情岁月增中减”的意思。生日实在不是个值得庆贺的日子。

生日好比安放在床头的闹钟，一次又一次提醒我时光的流逝，而我却错以为它是在提醒我祝贺自己生命中一个重要的节日。

直到今天我才明白，生日就像乡间田野里的鸣鸣虫，早起催人去下田。在乡间，夏季的清晨常常有无数不知名不知种类的虫子，天不亮就开始齐鸣合奏，老人催年轻人说，鸣鸣虫叫了，该起床了。

正午的阳光毫无阻拦地射在我身上，我在阳光热力的微妙变化中感受时间是怎样轻轻巧巧从我身体上跨过去的。其实，时间是个老熟人，天天见面，就是不知道他叫个什么，打哪儿来，往哪儿去。直到他面无表情又毫不客气地把我的许多东西拿走了之后，我才急了，追到门外去找，却不见人影。这位面善的熟人每天都来，天天从我这里拿走一点点东西，甚至在我睡梦中他还翻越窗户偷着来掠夺我。就在我过生日的这一天早晨，当金色阳光给我的小屋晕染了一层温馨的橘黄，我从梦中醒来，拉开窗帘，窗外青山推窗而入，一如平日的庄严与温柔。我忽然怔住了，这青山为什么不老？苍天为什么不老？而人又为什么如此易老？这是谁的安排？

我在那时想起了“时间”这个词。早在 2500 年前，就有一个智者临水而叹："逝者如斯夫，不舍昼夜。"我想，这一叹定是击痛过许多人的心脏。一百年足可以让一个人彻头彻尾完结，而这一百年对于无边的时间而言只是白驹过隙。我醒悟，时间并不是手机或钟表上所表示的某个具体数字，它实际上是个巨大的黑洞，足以让一切消亡在里面，无所谓过去，无所谓现在，无所谓开始，无所谓完结。并不是时光易逝，而是我们的生命易逝，我们的躯体易朽。面对这永恒的青山、日月、天地，人怎能不痛感生命的短暂，譬如朝露，去日苦多！昨天还为青春年华举杯，今日却需为满头白发伤怀！

如果把生命比作一条线段，线段的两端就是生和死，这生和死都是由不得自己的事，上帝早有安排。由得自己的只是在这两个端点之间延续的人生。如果没有意外，这一段人生也是说短不短，说长不长，在这段日子里，也只有做些什么事，才能心安理得。幸运的人找到了自己喜欢做的事，不那么幸运的人只好做自己不喜欢而又不得不做的事。

有一天，重读愚公移山的故事，我忽然悟到老愚公在他将近 90 岁时才发现自己这一生最应该做的最想做的事是挖山，于是面对困难还是满心欢喜地扛着铁锹上了太行山，辛苦并快乐着。我相信许多人对愚公的行为意义存有质疑，但这并不重要。重要的是，老愚公找到了他一生想做的事，而这件事又能给他人带来巨大利益。

从某种意义上讲，我们每个人都在挖自己的山，因为它挡住了我们通向外面世界的路。于是，每个人都在汗摔八瓣地挖，孤立无援而且自顾不暇，谁也帮不了谁多少。我曾天真地以为朋友可以互相帮助，其实朋友是最不可以帮助你的人。人说：艰难和痛苦，有朋友与你分担，你就减轻了一半。而我认为，如果真是朋友，你如何忍心让他辛苦着你的辛苦，忧伤着你的忧伤。那么，一切血汗泪水全得从自己这儿付出。平日为一点小小委屈对亲人朋友大加诉苦，而有一天头戴荆冠、脚踩钢刃时却不敢呻吟一声。别指望他人替你担当，别指望他人替你痛苦。不管是否担当得起，全部的痛只能自己挺着，全部的苦水也只能自己吞下。是的，只有自己。一个人真正遇到大痛苦的时候，往往不想诉说，异常沉默，犹如生过孩子的女人不想描述那份痛苦，上过战场的男人不想描述那份残酷。

每个人在“挖山”过程中所尝到的酸甜苦辣，也只能自己一个人品尝。个中滋味如鱼饮水，冷暖自知。甚至于沟通都成了一种奢望，尽管同说一种语言，往往是彼此的话，谁也听不懂谁的。

午后，太阳光的巨大热力在一点一点地消减，从对皮肤的炙烤度上可以一点一点地感受到。这意味着又有半日光阴在我沉思的时候从眼前溜掉。我并不想伸手去挽留什么，因为我在这一段时间里不论干任何有意义或无意义的事，时间都会溜掉，绝不会为谁而停留，但我知道，我在这一段光阴里做了一件我想做的事。

敌人

我说我的敌人很多，你一定认为我的人缘不好，可是我要说，你的敌人也很多，甚至每个人的敌人都很多。

敌人，是上天给定的礼物。敌人是那么热爱我们，我们一生下来，他们便热情万丈地围住我们，就像亲人似的。小时候，我的敌人是“黑暗”。我常常会幻想那片黑暗中一定隐藏着青面獠牙的魔鬼，眼睛绿莹莹的恶狼。我从不敢一个人待在黑屋里，晚上更不敢出去上厕所。有一天，哥哥恶作剧将我推进黑屋，反锁上门，然后吓唬我：“鬼来了。”幻想中的妖魔鬼怪张牙舞爪地纷纷前来，将我围住，我吓得大哭。但哭过之后，我发现那些可怕的东西始终没有出现，黑屋子里也没有异常动静。我这才知道，是我自己把自己吓着了。后来，我甚至敢一个人走夜路了。

再后来，当我爱上一个人时，我的敌人是“失去”。我有时会无端想象，假如有一天我失去他，往后的日子该怎么过，因此常常泪流满面。当这一天真的来到眼前时，悲伤过后，随着时间的流逝，一切渐渐淡漠，我发现天还是蓝的，太阳照常升起，生活照常继续。

经历得多了，也就养成了见怪不怪的脾气，和什么样的敌人交手，都不至于惊慌失措，而交手的时候总是这个样子：在我猝不及防的时候，敌人倏地从背后跳出来，卡住我的脖子，我只能与他扭打在一起，刚刚撕扯完还没走几步，那边又一个黑影跳将出来……

后来我发现，敌人甚至潜藏在我的骨髓中，比如自卑、轻信、盲从、懒惰、懦弱……更多的时候，我还要与它们斗争。就这样，我只能一边走路一边和敌人不断纠缠，也许胜出，也许败北。我还知道，在路的尽头，还有一个强大的敌人蹲在那里耐心地等我，他冷眼旁观我的得意与失意，却并不赞许或哂笑，我甚至能想象出他的形象——刀刻般的皱纹布满脸庞，嘴里叼着一支烟斗，一袭夜一样黑的长袍。终有一天我会碰到他，那时他会准时起身迎接我，用宽大的黑色长袍淹没我，然后带我去永恒的黑夜——他就是打我一生下来就等在那里的死亡之神。

从死亡那里，我懂得了人的局限，这个局限是命定的。因此，心里反而宽慰了许多，我将允许自己失败，允许自己犯错，允许自己有不足，允许自己身上存在许许多多毛病。我知道，是敌人的存在使我自身的存在显得有意义。

有人这样解释《空城计》，孔明城头焚香抚琴，是暗示司马懿，你我如同苏秦、张仪，失去一个另一个势必落得兔死狗烹的下场。

敌人与我们正是这样的关系。

因此，我热爱敌人，他才是我们的良师益友，只有敌人给予的教训才刻骨铭心，才能一生牢记：因轻信盲从才懂得要独立思考，因胆小怯懦才懂得要勇敢坚强，因鲁莽懂得慎重，因自卑懂得自信……

现在，我已习惯和敌人生活在一起，感觉没有了他们，我也就失去了内在的活力。甚至，我已爱上了敌人，如果我的生活一帆风顺的话，我会认为那样未免过于平淡，少了波澜也就没了趣味。当我白发如霜的时候，回想一生，最难忘的恐怕还是与敌人交手的日子。

我们身边的空缺

我感到那又大又沉装满水泥的铁斗子当头朝我砸下来，脑袋立刻破了，汁液四溅，意念一瞬间四下里飞散……

我的同事们正在谈论前一天刚刚在炼油厂发生的那起事故，其中一个转述目击者的话，描述相当精细，人被砸地而死时的惨相，仿佛就在眼前。

那天，他正在工地低头测量什么，虽然是炎炎暑天，但还是戴着安全帽。汗一滴一滴渗出来，在脖颈后面汇成一条晶亮的小河，悄悄地蜿蜒流下，旁边的高炉上工人们正在施工，一切平静而从容。

突然，置于高处的铁斗子翻扣下来，挟着风声，劈头砸下，那人当场死亡，鲜血像汗水一样蜿蜒成无数细流在水泥地上四下里爬行。

他们在闲谈，一遍遍绘声绘色地复述，一次比一次“精彩”，一阵凉意从背后袭来，我感到被砸死的是我自己，痛和惊悸从骨头缝里渗出来。

其实我和他根本不认识，他的死亡也不过是这几天人们经常谈论的话题，就像微风拂过水面，漾起几圈涟漪后，不久又归于平静。

可是，我又觉得他的确与我有关，虽然我们彼此并不认识，但是毕竟都在这家炼油厂工作，下了班又都住在一个小区。也许在我买菜的时候，他在跟卖菜的小贩讨价还价，我逛街的时候，他和我擦肩而过。现在他死了，少了一个与我一样下了班骑着自行车赶着回家的人；少了一个下班回家吃了晚饭后，陪着妻子和孩子散步的人；少了一个和我们共同构成这个热闹世界的人。

因为他的死，许多事情发生变化：那个本该属于他的岗位又会有别人代替，从而另外一个人的命运轨迹也发生了变化。

生命真的譬如朝露吗？真的充满了不可预知的际遇吗？

十年前，那个邻居女孩还活着，她很美，牙齿洁白，闪着清洁无比的光泽，眼睛黑得那么认真，即使笑起来也显得安安静静。她的妈妈是我的同事，有时候和我聊天，说着说着就说到女儿身上，母亲的心事就像夏天的落叶一般，总也落不完。刚刚妙龄的女儿，母亲已经开始操心她的婚事了，好几次叮嘱我给物色一个合适的小伙子。

一天一辆载重汽车撞向一面墙，墙倒下来压塌了旁边的房子，那个女孩正在房子里工作……

5 年前，我的一个朋友头一天还和我们在一起喝啤酒，说自己能一气儿喝 10 瓶啤酒。我便和他赌，结果他实在招架不住，装着上厕所给溜了，我们都笑话他吹牛。不想，第二天他突然出车祸了，在医院里，病床上的他身上各处插满了管子。他的妻子正用药棉蘸了水给他润唇，他的舌头贪婪地追逐着棉签，看得让人心酸。几天以后，他死了……

我总觉得这所有的痛苦都与我有关，他们的死亡就是我的死亡。生命猝不及防地逝去，我们的手却那么无力，无法强悍地握住他们的手，挽留他们。我们身边将永远留着一个空缺，像换牙的孩子，那个该长牙的位置空荡荡的，让人不安。在我们下班后如潮的人流中，本应该有那个不认识的人，现在留下一个空缺，空空洞洞像茫然的眼。那个注定和邻居女儿相爱的小伙子只好错爱一人寂寞一生。我和我的朋友们还会坐在一起喝啤酒谈天，现在没有了他，必将有一张椅子空着，即使有人坐在那里，但谁也无法替代他的音容笑貌。

空缺不时地提醒我们生命本质上的悲剧，那些引人注目的、不引人注目的空缺是每个人的一生无法躲过的遗憾，随着我们身边空缺的增多，我知道，终有一天我也会成为别人身边的空缺。

瞬间

除非你亲眼看见，否则你不会明白生命要多脆弱有多脆弱。

出事那天清晨，小刘吃完最后一块馍馍喝完大碗里剩下的开水，把大碗和用一根线绳拴在一起的筷子缠了缠挂在窗棂上。那些大海碗像一只只喇叭花，一溜儿高高低低的挂满了窗棂。

小刘他们是进城打工的农民，在自然灾害频繁的陕北，农民们农忙时在家种地，农闲时便背一个单薄的行李卷儿外出打工，挣些钱养家糊口。

小刘他们给油田修整一座旧楼，我上下班必须路过他们的工棚，时间久了彼此眼熟，见了面笑一笑算是打招呼。有时下班稍微迟一点儿，正碰上他们收了工各自端个海碗或蹲或坐在路边吃饭，也有人招呼一句“吃饭”，我只是笑着摇一摇头。其实，我很想和他们搭茬，了解他们的生活。可是这些揽工汉好像挺腼腆，迎面碰到了，多半是憨憨一笑，脸上的深皱纹开花一般。

小刘生得不打眼，小个子，黑脸膛，嘴唇厚厚的，身上穿着一件大概是别人淘换下来的褐色夹克衫，怎么看怎么别扭。他是个普工，靠抱砖和干杂活挣几个血汗钱。不知为什么，我经常注意到这个土里土气的小伙子。

揽工汉的生活比较单调，为数不多的乐趣之一就是唱“酸曲”。我常常惊讶于这个群落的人们那份随遇而安、乐天知命的内在品性，从没听见谁像城里人那样抱怨、叹气。干活的时候，老远就听得见他们唱什么“想你想你实想你，土坷垃看成个枣红马”“一碗碗谷子一碗碗米，面对面坐着还想你”。他们的嗓子粗糙但原汁原味，电视上听到的所谓陕北民歌都是经过艺术处理的，不那么俚俗但也失去了本色。也许有些高雅的城里人觉得粗野，但在真实的粗野与虚伪的文明之间，我宁愿选择前者。

小刘干活不算好手，嘴巴也不够俏皮，但生得一副好嗓子。干活沉闷了，别人央他唱，他便唱，可是一旦有人打那里路过，声音立刻低下去了，口齿也含混不清了，我知道这不仅是羞怯，也有礼貌因素。我曾去过黄河畔上的一个村庄——古渡甸，这个地名相当古雅，让人诗意地联想到古老的渡口、艄公，以及芳草如甸的两岸。就在这个被时间遗忘了的地方，村民非常讲究礼貌，他们会主动和你打招呼，甚至将你让到窑里，坐在暖暖的炕头上，端来的开水一定是加糖的。如果你问路，热心的村民会一直把你送到目的地。路上碰到孩子们，他们会用星星般的眼睛看着你，冲你傻傻地笑，如果你问他们一句什么，他们会害羞地笑着一哄而散。

我有了那次经历，对这样一群来自农村的揽工汉有一种说不清的亲切感。我甚至打算用录音机录下小刘他们的歌。

就在那天早晨，小刘站在高高的脚手架上作业。离地面 25 米高，但他并没有系安全带，他一边用泥液抹墙，一边和人拉话。

一切平静得和平时一模一样，没有任何预兆，大约 10 分钟后脚手架突然松脱，小刘像一只褐色大鸟似的以自由落体运动的方式，疾速下落，在惊叫声中，人们眼睁睁地看他坠落于地。所有人都被吓呆了，世界也被吓呆了。仅仅两秒钟，小刘连哼都没哼一声便咽了气，身子下面一摊殷红的血浸在冰冷坚硬的水泥地面上。

真的，除非你亲眼看见，否则你不会明白一个向日葵般蓬勃茁壮的生命同时又是那么脆弱。仅仅两秒！所有目睹的人脸色惨白，骇然泪落，仿佛那高空坠落的不是别人而是我们自己，只不过是借用了小刘的名字。

我至今记得很清楚，那天是 5 月 30 日。小刘成了人们关注的话题。我从别人嘴里零星知道，他有三个孩子，大儿子上了中学，很费钱，两个小的上小学。整个下午，我的脑子里反复出现那骇人的一幕，我不知道他的孩子们将来会是怎样的命运。

第二天，就再也没有人提起这个外出挣钱养家糊口的人，是的，谁也没提起。我呆呆地站在窗前，望着修葺一新的楼前忙着布置庆祝“六一”儿童节晚会会场的人们，他们已把昨天的血痕冲洗得干干净净，就像什么都没发生过一样。

黄龙短章

黄龙是陕北的一个小县城，名不见经传，天下少有人知，它最大的特点是绿，犹如一颗莹润的翡翠点缀在黄土高原的颈窝。每年我都会去黄龙小住数日，一来避暑，二来养心。在我看来，这是陕北的香格里拉……

乡村公路

还没有进入小城，就已经感觉到那过分浓稠的绿，乡间公路蜿蜒在一片树林中，仿佛汪洋碧海中犁开了细细长长的一痕白波。

绿荫如盖，重重叠叠，形成一条长长的绿色圆拱，把太阳挡在外面。路边溪水如影随形，明明灭灭，鸟鸣啁啾，忽而在左，忽而在右。公路上几乎没有什么车，野雉的胆子可大了，摇摇摆摆地在公路中央觅食，车都快到跟前了，才斜着身子噗噜噜飞起来，藏身在路边的花丛里。

路边那些波斯菊呀，非洲菊呀，一丛一丛地开得正旺，野雉便隐在灼灼花光下。

这样的路是舍不得走快的，下车来小憩一会儿，随便喝杯水，伸伸腰，呼吸呼吸新鲜空气，都是很惬意的事。

黄龙的空气也是绿的，抬起手臂看看，胳膊怎么也绿了？惊疑地相互看看，人面也是绿的，一笑，牙齿也是绿的！这黄龙的绿呀，可真是又浓又稠，似乎可以抓一把带走。

农家小院

黄龙的村庄一般很小，几户人家就是一个村子，都是清一色高门楼，门前白墙灰瓦，墙角下种一丛蜀锦花或者月季，清风吹过，地下纷纷扬扬地落了一地的碎锦。那些花朵就像村庄的眼睛，开车与村庄擦肩而过的瞬间，有一种顾盼神飞之感。

有的人家不种花，却种一丛竹子，那竹子凤尾森森，龙吟细细，好像暗含音韵。你如果问主人家那个乡村老农为什么种竹子，他会淡淡地说：看哩。

竹子之美是一种气质之美，高于花朵的颜色之美，懂得欣赏竹子的人都不简单。而他却很简单，戴了一顶旧旧的草帽，弯腰侍弄小院里的菜蔬，轻易不和陌生的过路人攀谈。

路边垂垂累累的红杏，似在勾引人的馋涎。正是杏子成熟的季节，杏子红了，软了，喜鹊也吃，马亚雀也吃，野雉也来吃，一边吃一边叽叽咕咕品评一下它的甜美。而农家却少人吃，乡村的孩子向往着大城市，早早就投奔远方的世界了。

花园小城

黄龙是个安静而干净的小城。放眼四望，青山围绕，一色的苍松翠柏，绿得那么绝对，那么纯正，没有一丝杂质。青山之外就是蓝天，很多时候，天上没有一丝云彩，正疑惑那云彩哪去了，低头一看，路边的花开得如锦如霞，好像天上落下来一段云霞。

人们慢慢地行走在这云霞一般的花海之间，上班下班，买菜做饭，过着悠闲的日子。假如你赞美黄龙人的生活品质高，他们也许会疑惑地说：这是很平常的呀！

是呀，黄龙人把日子过成了诗，而他们自己却丝毫不觉得。走在小街上，你会感到小城的人有一种平和之气。没有急匆匆的赶路，没有忙碌碌的加班，日子里的一粥一饭都是那么妥帖自然。

黄龙是个移民县，人们来自全国各地，据说除了西藏、台湾，哪个省的都有，城里可以听到各种口音，吃到各色小吃。大家都是当年为了讨生活携家带口一路艰难跋涉而来，所以黄龙人不排外，不欺生。男人见了称哥，女人见了称姐，不说不笑不开口，久而久之形成了本地人的风俗，待人接物谦恭有礼，见人有难能帮则帮。

如今黄龙已经成了避暑的好去处，远道而来的游客渐渐多起来，可是，小城不改本色，日出而作，日落而息。

梁家河看云

梁家河的云似乎比别处走得慢。

在这里看云，一看就是半天，在这半天的光阴里，可以澡雪心灵，洗掉尘埃和杂念。不过，这个梁家河不同于另外一个梁家河，没有那么大的名气。就是一个普通乡村，公路弯弯曲曲，两边种满了白杨树，据说都是当年集体经济时期留下的记忆。

这里没有什么特别的景致，只有这一大片杨树，如今蔚然成林，枝拂蓝天。仰头望去，阳光被碧绿的树叶切割成无数细条，光斑落在草地上跳跃追逐，不可捉摸。偶尔有喜鹊喳喳喳地站在枝头闲谈几句，然后倏然飞走。一阵风吹过，宽大的叶片交头接耳，窃窃私语。树干上那些眼睛，睁得大大的，充满了疑惑，不知道它们在说些什么。

在这里，你会看到云并不是你以前所认为的那样，在慢慢地飘移。其实，云每时每刻都在变，忽而聚为一团棉花，忽而消散得无影无踪，千姿百态，神出鬼没，随心所欲，无规无矩。你会发现，从来没有一片云是一成不变的。

这多么像我们的人生，时时刻刻在悄然变化。没有一种命运是先天注定，多是从点点滴滴细小的变化到沧海桑田面目全非。梁家河的云也悄悄地告诉我们，从来没有两片云是一样的。其实，在人间，也没有完全相同的人，完全相同的思想。

从云彩那里，我们悟到了人生，心灵的空间豁然大了一些。

大岭的山岗上

大岭是黄龙的最高处。站在大岭上，长风浩荡，青山低首，无穷无尽的山峦遍布青翠，那青翠之色一直消融在黄河浩荡的流水中，消融在天空深远的湛蓝里。

只要站在大岭高高的山岗上，炎天暑热就会通通消散，顿觉精神一振。更让人神往的，是这里有伟大的盘古。

在中国人心中，盘古才是造物主。传说，他曾经在大岭山上开天辟地，创造了世界。一把巨斧将天地分开，清者上升为天，浊者下降为地，他的肉身化为山川，血液化为河流。一眼为日，一眼为月，毛发为草木，呼吸为云雷。

现在，他化身为一尊石像，蹲踞于岭上，双手挥舞大斧，正准备用力劈下去……

我曾长久地思量这个传说，觉得神话都是负责解释我们眼前的世界的，这个世界为什么是眼前的样子，逻辑自恰地回答了这个问题。

风从远方吹来，盘古的石雕像上，一只喜鹊轻盈地站立，扭头望望这个巨人，喳喳喳赞美几声。盘古不理睬，喜鹊没趣，噗噜噜地飞走了。也许他不需要美誉，甚至不需要理解，一切伟大的人和物都不需要这些……

地上的弯眉

我们在同一家公司上班，但我并不认识他。这几天，他的名字被人反复提及，认识他的人沉重地叹息：那么好的一个孩子，怎么说没就没了？

从别人嘴里，我断断续续地知道了一些细节，关于他的死亡。

谁能想到呢？一个那么年轻的生命，死亡来得那么突然。他是一个小站的员工，大学毕业后招聘到我们这个公司。小站很偏远，离县城要一个多小时的路。那天，他和同事在站控室值夜班。夜深了，两个小伙子都有些瞌睡，那个说我给咱们泡茶喝。他说，浓一些，不敢睡过去了。

陕北的夏夜，入夜犹凉。过了一会儿，他感觉有些凉，不由地缩一缩身子，一抬头却发现窗户开着，就站起来，走过去关窗户，回身的一瞬间，倒在地上。同事以为他滑倒了，忙跑过去扶，却怎么也拽不起来。

没有任何先兆，之前他俩还说说笑笑的，就那么一刹那。他的同事反复向领导或者其他人复述这些细节，大家在这些细节里仔细咂摸，企图找出蛛丝马迹，哪怕一点点。

但是，没有。

一个健康而年轻的生命，怎么说没就没了？医生也叹气摇头。大家只能猜测，而这种无根由的猜测又让事件陷入一片混沌。在众人琐细的谈论中，他渐渐鲜活起来。

我们这个企业很多场站都在山沟沟里，远离繁华的城市。很多同龄人从大学的象牙塔里走出来以后，进入那些山沟里的小站，大多流露出深深的失望。他前年刚刚参加工作，不同的是，他很喜欢这份工作，常常在电话里和远在湖北某县的母亲述说对工作的热爱。“妈妈，我可喜欢我的工作了。这里的人对我都很好。这里的饭也好吃，我都吃胖了呢。”他的母亲缓慢地对我们转述他的话。年近半百的她，几乎一夜花白了头发，语气却很平静。在场的人眼睛里泪花在转，她却没有一滴泪。

喜欢自己的工作是不假。小站的站长说：他干工作从来都是非常认真的，说个实话，现在这帮年轻人里可真不多见。好几次，我发现下班了大家都走了，他还在那里干活。

小站实行倒班制，干10天休10天，休假的日子里，他要赶回湖北，在某大学攻读研究生。母亲说，孩子每月挣的钱除了寄回来一部分给我们，其他大概都花在学业上了。小站的人也说，这个年轻人不一样，下了班不打游戏，不喝酒下馆子，总是埋头在书里面。

他还跟父母说，这里的人对他都很好，饭也好吃。是真的吗？一年前，他曾患肺结核，出院时病灶已经钙化，医生说已经过了传染期，可以上班了。可是，等待他的是众人的白眼和敌视。在饭厅的桌子上，同事们一看见他，立即变了脸色，端起碗就走，一张偌大的桌子，顷刻光光，只剩下他尴尬地独自用餐。他小心地将自己的碗筷与大家隔开，但是，只要一转身，别人立刻就会把碗筷扔进垃圾筐，哗啦声刺破耳膜。有人向上反映，坚决不允许他上班，理由是害怕传染。站长专门召开会议，反复强调，这个病已经过了传染期，大家用不着惶恐，但是无济于事。一种敌对的情绪似乎在暗暗增长，无形中影响着大家。在嘁嘁喳喳的议论声中，他选择了调离，离开了原来的小站。这个名字叫作白鹤坪的小站是他的新家，一切都将重新开始，他将作为一个正常人回到人群。

死亡，让他从众人中显现出来，犹如一滴水从海洋离析出来。人们忽然发现，身边有这样一个优秀的同事。大家纷纷想起他的好，就连那些厌弃他的人也禁不住悔恨，想起他那隐忍的眼神、歉疚的表情、勤快的身影，念起他那么多的好。但是，一切都晚了。

我每天上下班都走过一条青砖小街，看见总有些鲜绿的叶子凋零于地，像画在地上的弯眉。过往的许多脚踩在上面，一些泥泞和污渍便沾在细长的叶片上，几经反复踩踏，鲜活多汁的叶子就零落成泥。那个20多岁的生命就像这些凋落的叶子，让人无比怜惜。我不知道该怎么纪念那个不曾谋面的年轻同事，所以写下小文。

第三辑　温暖与照亮

巡线的人

今天，开始了巡线生活，我将要踏勘本单位所负责的这段 57 公里长的线路。2013 年，我所在的石油企业遭受了百年不遇的大暴雨，发生一起管线断裂事故。渗漏的原油顺流而下，造成了水体污染，给公司带来不小的舆论压力。为此，公司特地安排各部门下基层参与巡线，将事故隐患消灭在萌芽阶段。

无疑，办公室生活的沉闷使得这个野外工作显得格外有意思，还没有轮到我的时候，我就暗暗地开始盼望了。

一大早，吃了早饭，我们和高航队长就上线了。正是雨季，昨天刚刚下过大雨，空气湿润，山上大团的雾气翻滚着涌过来，能见度不足 10 米，山路被遮蔽了，人好像行走在云雾里，衣服被雾气打得潮乎乎的，似乎拧一把就能拧下一碗水来。小高在前面带路，一边走一边拿长棍子朝路边草丛里击打，沾在草叶上的露珠跳起来，闪一道银光，藏匿在草丛里。小高说，夏季有蛇，得小心提防。

这是一段下坡路，小路狭窄崎岖，湿泥沾在脚上，渐渐成了一个泥坨儿，步履沉重，脚下湿滑，走路要操心，好几个人摔了跤。我开始觉得热，背后像背着一个小火炉，后悔不该穿得太厚。

今年初夏雨水丰沛，山上灌木乔木疯狂生长，往常巡线工踏出来的路几乎被野草掩埋，但黄色的线路标志桩很显眼，凭着标志桩的指引，大致还能顺着管道行走。

小高很认真，不时停下来细看管线左右，哪里有塌陷，哪怕再细小，也要看看，顺手拿铁锨挖土回填，先灭了那些隐患。

我们的这个石油公司曾经历几起事故，损失挺大的。反思事故，深感巡线管理的重要。俗话说："千里之堤，毁于蚁穴。"小小的塌陷可能会酝酿出一起大麻烦。更为严峻的是，打孔盗油，这类事情屡禁不绝。巡线工如果责任心强，便能早早发现端倪，避免重大损失。

这也是我们下基层巡线的原因。

一路上没有人说话，大家的眼睛只顾盯着前面人的脚后跟，生怕一个不留心滑倒。细细的小路越走越长，蜿蜒盘曲在山上，好像没有尽头。两边的灰条草分外高大，远远超过正常状况下的身量，有的竟然超过了树木。眼见一棵灰条草竟然骑在一棵丁香上面，枝叶在半空里招摇，可怜的丁香灰头土脸的，有冤无处诉的样子。我试试拿手拔掉这棵"欺人太甚"的野草，没想到它根扎得极深，丝毫撼动不得，"啪"一下枝干被折断。小高笑了："死不了，过不了几天它又会蹿起来。"

面对这棵貌不惊人的野草，只好叹口气，算了，让它好好长吧。在这个世界上，没有谁是多余的，它有权利生长。

空气越来越潮湿，衣服黏在身上，裤子裹着腿，行路艰难，不知名的鸟儿歌声里沾了水音儿，婉转灵动，只在左右却看不见踪影。一只白蝴蝶歇脚在一茎细长的冰草之上，一动不动，酣梦正沉，蝶衣上布满细小的露珠。冰草的细腰一弯一弯，它也跟着一颤一颤，那么安心地睡着，好像母亲怀里的婴孩，让人不忍心打扰它的好梦。

小高是大学中文系毕业的，但是中文系大学生的温雅早已经被石油味儿覆盖，更像一个石油人。他肤色黑黑的，一笑露出白白的牙齿，很淳朴的样子。他们经常走这条路，显得轻车熟路，不像我们几个气喘吁吁，一停下来，个个一手扶腰一手扶棍，上气不接下气。

和所有巡线队一样，我们这儿人手紧张也是最挠头的问题，只好从附近农村雇人，工资太低，只有一些年纪大的农民愿意干，年轻人是不会接受这个营生的。在城里，哪怕蹬三轮，也能挣个两三千块钱。好在这些年纪大的巡线工都是本地人，都有自己的苹果园，一年收入不菲。

洛川富县一带的苹果种植已经成为本地一项支柱产业，种苹果致富的人比比皆是。在富县的交道塬上，随处可见农村崭新的房屋，以及院子里停着的汽车。这与陕北以北很多农村的凋敝形成了鲜明的对比。那里主要依靠油煤资源使得一部分人迅速发财。但是，更多的与油煤产业没有什么关联的农民却依旧贫困。贫困与乍富形成一种紧张的对峙关系，谁也说明不了谁，谁也掩盖不了谁。我觉得健康的富裕应该是一种均衡的状态，如果一个地方贫富差距过大，产生的问题将会源源不断。

跟我们一起巡线的老王，也有自己的果园。一提起自家的收入，他很是满足，儿子女儿都大了，在城里工作，自己习惯了农村生活，不愿意进城，每年果园的收入比儿子的工资还多，果园的营生也不是很忙，就捎带着做了巡线工。"嗐，权当锻炼身体。"他说。

我觉得他的选择是对的，我越来越看不出城里生活有什么好，那种喧嚣与浮华只能让人越来越寂寞。其实，看看人的表情就知道，每一个人，在强大的城市面前都显得那么脆弱，那么无力。

任何一项工作都有它的困难，巡线最大的困难就是寂寞。这也是年轻人不愿意干的一个原因。你想想啊，一个人在规定的线路上，天天月月年年就那么走，没有伴儿，一天也说不上几句话。再美的风景，也会因为熟悉而淡然无味。

天终于放晴，我们要翻一座山去高家河村。上山好走，下山难，几乎不敢朝下看，只顾瞅前面巡线工老郭的脚后跟，一眼瞅定他刚刚踩出的脚窝儿，一脚踏上去，心才稳当一点。忍不住朝下窥探一眼，几乎要晕眩，赶忙回眼再看人家的脚后跟。晴好的天气，太阳渐渐威猛，汗水流进嘴里，一股子咸津津的味道。一根刺加苗猛地刷打在脖子上，被汗水一浸泡，痛得钻心。

巡线工老郭说，这条管线一直护理得很好，水工保护到位，一般下雨都能安然无恙。他又指一指旁边长庆油田的管线，说那里发生了一起打孔盗油事件，亏得我们的巡线工老冯及时发现，赶紧报了案，才免除了一场重大案件。

老冯是谁?

那不是？老郭朝山下一指。

山下，平坦的川地里，雨后的大地干净清新，万木明媚耀眼。玉米雄赳赳气昂昂地站在河边，一派军人气概。万千浓绿中闪着一点红，那是穿着红色工衣的老冯。河边洁白的小屋便是他的家。

老冯是高家河村人，但天天住在巡线房里。小白屋内打扫得干干净净，被子叠得整整齐齐。老冯早已经把茶水沏好，他已等待多时。

白云飘飞，凉风过耳。一只小蚂蚁匆忙地爬过，不知道有什么急事。一切令人想到世外桃源等美好的词。

“老冯，你老婆真勤快，把屋子里收拾得这么干净。”我说。

话没说完，引来一阵大笑。老郭下巴一扬：“老冯的老婆在那儿。”

对面河边的玉米地，庄稼生龙活虎，中间有一个小小的坟墓，上面盖满了青草。

我才知道，原来夫妻二人已经是阴阳两隔。

回过头瞧着他，他长着一张憨厚的四方脸，50多岁的样子，额头上已经爬满了皱纹。

很快，这件事成为一个话题。

老郭和老冯是熟人，开玩笑道：“晚上睡下，怕不怕？”

“不怕！”老冯憨笑了一下，“刚埋下时还怕呢。”

“你老婆你还怕？”大家都笑了。小王年轻，扬着脖子笑得欢。

老冯也跟着笑，眼圈却微微发红。他老伴儿一直有病，在农村，家里有个病人意味着什么，人人都明白。

“西安、延安都跑遍了，五六样病在身上，肝炎、胆结石、结肠炎，治不好，最后也不知道究竟是哪个病要命的。反正钱花完了，人也没留下。”他慢慢说着，陷入回忆。

本地的风俗，人殁了，生前的衣物要烧掉，叫她在“那边”穿用。谁想，烧那条紫花棉裤的时候，摸着里面硬硬的，裤腰里竟然藏了8000元钱。

这笔钱不是小数目。老冯说，当年他俩结婚，做了两条妆新棉裤，一条紫花的，一条蓝花的。粗心的儿女们翻出来这两条旧棉裤，一股脑儿都要烧。老冯阻拦说，要留着做个念想儿。想着两条棉裤是当年结婚妆新的，不由拿起来多摩挲了一会儿，却意外发现老伴儿留下的这笔遗产。

小王开玩笑：“那你当时高兴坏了吧？”

老冯回避众人的目光，脸上还继续着那憨厚的笑容：“我那人受坏了。”浓郁的洛川口音。“我那人”是陕北人对爱人的称呼，暗含着一个人对另一个人的接纳，一个人对另一个人的投奔。两个生命彼此根植，密不可分。此刻她躺在河流的对岸，不知道听见这话了吗？

大家很快转移了话题，老冯不再是谈论的中心。我发现，他的眼泪还在眼眶里打转转。两个人相依相伴，走着走着，那个人没了，剩下的只好自己一个人走，肩上扛着巡线工的寂寞和中年丧妻的孤独。我虽不能感同身受，但是也能体察那份人生必经的痛苦。

一条蚰蜒开着火车蜿蜒而来，一路迤迤逦逦，试图爬到老冯的脚上。他低头一跺脚，虫子跌了个大马趴，急忙掉转车头逃走。

他回屋里拿出几包麻子，请大家吃。麻子是本地特产，嗑麻子难度比嗑瓜子大，一般人嗑不了，只好连皮带仁一股脑儿吃了。本地人却会这项高难度技术活儿，圆溜溜的麻子丢进嘴里，一会儿“噼里啪啦”脆响，薄薄的皮儿嗑出来，芳香盈满唇齿。

“解心焦哩。”他说。

我们还要继续巡线，等爬上山坡回望，他还站在那里，小小的红点儿分外醒目。

在刚才他诉说如何为妻子求医问药的时候，我忽然想起一个月以前的事：我们在定边县一个叫黄湾的村子为一个大学同学送葬。

她也是患病多年，苦苦挣扎着活，半个身子不能动，40岁的人俨然老妪。记得念大学的时候，有一次，她和我一块上街。逛街对于念书的学生而言，仅仅是为了看看花花世界，腰包是空的，买东西是奢望。回来的路上，她忽然对我说：“你的下巴长得真好看。”从小到大，没有人表扬过我，我是在丑小鸭的自卑中慢慢长大的，一时不知道该怎么接口，扭过头去，看见榆溪河流水汤汤，岸边芦苇荡漾，一望无际的美。

无形的手将我们远远地推开，只能站在阳间眺望20年前的她，回想那些藏在记忆深处，那些温暖的点滴。

她的去世让同学们难以接受，很多人掉眼泪，荒凉的黄湾，小小的坟墓被一层薄薄的红砖压着。本地风沙大，压砖是为了防沙。谁能料到她一个江南女子，最后的归宿竟然是毛乌素沙漠。她的丈夫站在沙地里，长久地沉默，几年的操心劳累已经让他早早谢顶。永世不能相见的痛苦，我们不敢说自己能理解。很多事不经过亲身经历很难知道究竟是什么滋味。

老冯的心焦，我们也同样难以体味。能做的，只是回身向这个丢失在时间深处的人招招手。

今天，我们的任务是踏勘北头村到杜家河之间的管线。

一同巡线的小严，原来在西安一家化工厂工作，后来工厂效益不好，大批工人下岗。他就是第一批报名到陕北的工人。

说起刚来时，小严说真的不习惯，想不到陕北和关中地区的生活差异居然那么大。头一天，大灶师傅做了荞面饸饹，按照陕北人的习俗，来了客人吃饸饹表示欢迎之意。几个关中小伙子也暗喜，想着好好吃一顿面。关中人一天不吃面就好像短个东西。

谁知道，大师傅端上来一盆子黑乎乎的东西，心下诧异，又不好意思问，只怀疑大师傅不讲卫生，怎么把白面弄成这黑不溜溜的颜色。只好装作肚子痛。

后来，和大家混熟了，才知道那东西叫荞面，降血糖降血脂，好东西。

大家也讲小严他们几个的笑话：头一次上山巡线，觉得好玩新鲜，东看西望，什么都稀罕。下山就不行了，那斜坡看着有 70 度，一眼望下去几乎是刀削斧劈过一般，不由得头晕腿软。陕北人轻车熟路一溜烟奔下去，几个关中小伙子圪蹴在悬崖上不敢下来，探着脖子干着急。

最后不知道谁急中生智，削了几根硬木棍子当手杖，才勉强下了山。小严说："现在不但上山巡线跟陕北人一样行走自如，就是吃饭也习惯了，陕北人吃的粗粮多，有益健康，他们几个比刚来的时候还胖了好些哩。"说得几个人都笑了，嚷嚷着要减肥。高队长说，不要减，天天爬山难道还不顶锻炼吗？

一路说一路笑，走路就不觉得累了。一只野鸡噗噜噜从草棵子里飞出来，拖着长长的尾巴。一只灰兔子支棱着长耳朵立在小路中央，来了人也不跑开，两只红眼睛圆圆的愣愣的，看起来很萌。

小严要打，旁边有人制止，一跺脚，呵斥一声，兔子醒过来似的，一窜跑了。

我奋力朝草丛里拨拉，看能不能发现一条蛇。老惠说，蛇有灵性，知道这条路上有人常来往，它就不在这儿停留，和人是井水不犯河水。

高队长忽然指着路边的一个台地说，这里有隐患，要赶紧挖一条排水沟。

我们看不出问题，忙问怎么回事。小高说，这一带有小气候，有时候下骤雨，水流一急就会在土质酥软的台地上冲出一条壕沟，直接影响到地下管道的安全。

小严说，干脆斜挖一条排水沟引到水渠里，几个人比画着讨论了半天。

我趁空拍照。这是陕北最美的季节，天空晴朗，浅绿深翠的植被覆盖着山峦，完全颠覆了外地人对陕北的偏见。远处的高速公路像轻盈的虹桥，横跨杜家河，路上的汽车如小瓢虫一般，在半空中位移。

我问巡线工老惠的日子怎么样。老惠一口清涧话，说一年大概 8 万元。我替他算账，再加上巡线工资，一年怎么也过 10 万元了。不错啦！

老惠笑着点头，又叹口气说，两个娃娃，两个老人，都要花钱呢。娃娃念了高中，正是费钱的时候，每次回家都要钱，说是学校要补课。老人年事已高，得了肺心病，天一冷就喘不过来气，常常要上医院。

我理解，便无语。每个人都有自己的特殊处境。高家河的老冯要面对中年人的孤寂，杜家河的老惠要肩挑一家人的生计，而我，内心的烦恼密如牛毛。

人人都不容易。

老惠拿出一罐红牛饮料让我喝，我没喝。看得出他有点儿失望，我不知该说什么好。这一罐饮料 5 块钱，我觉得应该替他俭省着点儿。

杨白劳

门哗的一下被推开，卷进一股风，杨白劳从外面进来，进门的瞬间，屋子里黑了一下。

他拿起我桌子上的那只雕花玻璃杯，一仰脖子，只听见咕咚咕咚的，仿佛深水潭里丢了块石头。

我只好再重复一遍：杨白劳，共用一个杯子是不卫生的。他把杯子放下，抹一把嘴，一脸宽容：没事的，我又不嫌你脏。

他把胖大的身躯丢进沙发里，不出三句话又开始给我显摆他的小发明。这次说的是他们站上搞出来一种新型过滤器，比买来的好，又耐用又便宜。他特别强调“便宜”二字，我好笑：正常的成本嘛，干吗抠抠索索的，老太太上街买菜似的。

这个你不懂，他手一挥，一说起技术就换了个人似的，一副睥睨群雄的姿态。

你算个账，咱们一共 18 条线对不对？一共大大小小 40 个站对不对？你算一算，一年下来用多少过滤器？

我脑子里加减乘除一番，却算不出来，只好眨眼。你算不出来吧！他很得意，脑袋不由地晃来晃去，告诉你，一个惊人的数字！如果我们的过滤器能推广，就可以节约不少钱呢！

说到“钱”字，他嗓音里明显有一种喜悦，手臂挥舞着，像要搂住一大包钱。

我照例是当头一瓢凉水：“瞎高兴！”

杨白劳其实是他的绰号，因为担任输油站站长，大家简称他“杨站”。这个绰号的来由，据说是因为他技术精湛，各场站有了问题大多叫他去排除故障。公司有个不成文的规定，管线出现故障，如果是外单位人排险，就要给人家报酬，本单位人就不给。自己人嘛，干了也是白干，所以得了这个名儿。至于他本来的名字，似乎被人忘记了。

我跟杨站认识好几年了，那一年，他的输油站获得了一项挺重要的荣誉，我们便去采访。

一进场站大门，觉得走错地方了，围墙跟前几垄高高大大的向日葵一片金黄。旁边的菜地里种着辣椒茄子芫荽西红柿，让人恍惚回到田园生活。我们几个人忍不住嘴馋，钻进地里摘了几只红彤彤的西红柿吃起来。还是那银色的万方大罐和金黄的管线告诉我们，这里的确是个输油站。

整个场站，不管是站控室还是外输泵房，一例的干净整洁，手摸摸玻璃，才知道它的存在。外输泵房前面，一个身着工衣工裤的大个子跟一排年轻员工比比画画不知道说着什么。我们说找杨站，那胖大汉子便微笑着，快步走过来。

自我介绍完后，我问他刚才给大家讲什么，他说是新员工上岗，讲讲本站的工艺流程，还有安全操作规程。看他嘴巴那么利索，我窃喜这次采访大概不费力了。

谁知，当摄像师把三脚架支好，摄像机的小灯一亮，这位刚才还滔滔不绝的人，就跟换了一个人似的，结结巴巴，红头涨脸，眼神飘来飘去，手脚不知道往哪里放。采访了几次都不成功，只好叫他放松一下，调整调整状态。他说想去屋里躺一躺，我完全理解。在我们这个企业，别说普通人，就是好多领导，也是一面对镜头就发怵。所以，我们的采访很困难，领导不到万不得已，一般是不会接受采访的。可是，宣传部的头儿又不管那些，采访不来东西，还要挨批。说你干活不动脑子，不懂得沟通。这叫老鼠钻风箱——两头受气。

等了好长时间，我估摸他大概调整得差不多了，就去找他。进了门看他踱来踱去，念念有词，谁料想一看见我们几个又是话筒又是摄像机的，“咚”的一下栽倒，晕了。

这事成了一个笑话，都说有晕车的晕机的晕船的，就是没有晕采访的。后来常常有人跟他开玩笑，拿一支铅笔举在他嘴巴前：杨站，采访一下。拿腔拿调的，惹得众人大笑。他也跟着笑，别人笑完了，他还在那儿嘿嘿嘿。

前年夏天，我们的一条新建管道快要投运。这是件大事，我们就去采访。

输油首站的施工现场，平素一样的紧张繁忙，机器的轰鸣赶走了荒凉山沟里的寂寞。耀眼的焊花飞溅着，刺得人眼睛瞬间失明。工队正准备安装鲁尔泵，作业马上就要开始了。

忽然，一个黄头发的外国人走上来，他摸摸泵体碰口，举起手指细细地看，杨站便给他比画：没问题，都吹扫过了。黄头发紧绷嘴角，不理不睬，一副傲慢的样子。这条管线用的是德国鲁尔泵，黄头发是厂家派来协助作业的。

工人们有些茫然，你看我，我看你，不晓得他要干什么。杨站连比画带说：你放心，我们吹扫了三次了，保证没问题。黄头发犹疑地看看他，灰色的眼珠子斜了斜，一点都不隐藏心里的不屑。

他放大嗓门又重复了一次。黄头发还是摇头，眉毛拧起来，气氛变得有些紧张。这时，他急了，向前一步，伸出三个指头，晃一晃，改变了说话腔调：三次，你的，明白？

嗬，这家话居然会日语！

有人“吭”的一下，憋不住笑了。

可是死板的外国人毫不让步，或许他对中国工人的技术精度压根瞧不上。他不知道找谁要来一些面粉，活起面来，我们都纳闷，这哪里是技术工人，分明是厨师嘛。也没法问，语言不通。半天，周围的人渐渐散去，只有杨站他们几个还立在那里观看，一动不动，脸色都很难看。

面和好了，黄头发用面团在焊接点粘来粘去，洁白的面团渐渐变了颜色。我们一下子明白了，还有杂质！鲁尔泵是高精尖，一粒灰尘也容不得。如果焊接点上有杂质，那就给以后的生产运行埋下了隐患。

焊接安装顺利进行。人们把提在嗓子眼里的心，款款放回肚子里。我们的照相、摄像、发稿都在预计中完成。只是我注意到他没在现场。

事毕，我去找他。果然，他灰不溜丢地躲在一边。看来，德国人用那块面团打击了他的自信。

半晌，他慢慢地说：啥叫高标准严要求，我今天才知道。一脸的黑胡子越发显得人憔悴。

我安慰他：咱们国产泵的技术精度就没那么高，按说，吹扫得已经很干净了。

羞耻。他眼睛疲惫地朝前看着，弱弱的一句。

过了很久，在他的办公室里，书柜上摆放着那块面团，已经焙干了，硬如石头。上面的指纹清晰可见。

锦心文华

文华像一朵乳白色的云，柔软，安静。

和她说一会儿话，心就会静下来。一杯茶，不知不觉一段光阴溜过去。有话说一说，没话就窝在沙发里。有一句，没一句，并不觉得有什么不妥。每每想起来，那段光阴竟是那么温润、体贴。

文华性格沉默，话少，算不得秀口，但是算得上锦心。什么东西一经她的手，别是一番滋味。

一天，她捎给我一小罐草莓酱，早上抹面包吃。闻闻那股细细的清香，搁不住嘴馋，便在办公室里打开尝了一口，真是口角噙香，比买来的好多了。忍不住再尝一口，正好同事进来，便请她品尝。一会儿工夫，部里的女孩们纷纷举着小勺进来，个个欢呼雀跃，说我这里得了好吃的，要尝尝。最后只丢下一只空罐。我打电话给文华，她笑着安慰："没关系，我再给你做。"过几天，果然又送来一瓶。我这次学精了，藏在抽屉里，一个人吃。

我认识她是缘于一次采访。

那一年，在阳山罐区，差点发生一起安全事故，亏了她奋力排险，才避免了祸事。

那时，我并不认识她，只是听说了这件事，辗转从输油处得到了她的电话，只说我想见见她，约好在她家里见面。

一进门，看见桌子上堆着一大幅十字绣，还没完工，我来之前她在刺绣。我有些好奇，便过去展开，陈逸飞的一幅油画便铺陈在面前，是《夜宴》。

黑沉沉的背景下，女子们雍容而温婉，衣衫鬓影暗暗透着奢靡，可是眉目间却流露出一股隐隐的愁，耳边似乎能听到管笙齐作。毕竟是十字绣，不知她是怎么绣的，竟这样逼真、传神。

文华说自己是典型的宅女，休班回家，没事就绣花。见我对十字绣感兴趣，她便从里间拿出另外一幅绣品，是俄国画家克拉姆斯柯依的《无名女郎》。一样的唯美风格。女郎高贵典雅而满怀思绪，俄罗斯冬日黄昏的莫名惆怅，完美地用绣花针表现出来。我惊讶于她的艺术感觉。要知道，她只是一个输油站的普通员工。

文华听了我采访的由头，睁大了眼睛，看着我，惊讶地问：我觉得这是很正常的呀，换作你不是一样吗？我老老实实地说：我会害怕的。

她笑了，很斯文。细细的眉毛，弯弯的眼睛。过了一阵儿，她便开始给我们讲那天发生的事。

其实，那天出事的罐区不属于我们公司，而是一家兄弟公司的。两家公司业务往来频繁，罐区工人彼此很熟悉，平时有个什么好吃的，也是你给我送一点，我给你送一点。上下班一起相跟着，说说笑笑的很融洽。

那天正好是她值夜班，主要工作就是“打点”——每过一个钟点到各罐区巡检一次，看看有无异常情况。这几年，油价一路飙高，一些人不惜铤而走险，想尽各种办法盗油，任何一个异常状况都要刻意留心，不敢马虎。打完所有的点，查看完罐区正好一个钟头。已经是下半夜了，草棵子里的鸣虫都睡了，一切静悄悄的。

她睡不着，失眠是经常的。并不是牵挂家里，家里是用不着担心的，门一锁，饿不死小板凳。儿子大了，在百里之外一个偏远的输油站工作。

忽然，一股细细的刺鼻的气味冲进鼻腔，发辣，发酸，眼睛不由地流眼泪。怕是哪里跑了油气！她忙走出值班室，只见兄弟公司的员工咕咕咚咚往大门外跑，说是要去打电话求援（高危行业，储油区不能打电话），又说一座万方大罐由于阀门误操作，现在情况危急，恐怕要冒顶。

一时间脑子里一片空白。不知哪里来的勇气，她扭身朝罐区跑。

"你不要命了！"后面有人在喊。顾不了考虑那么多，她只是拼命地跑、跑、跑！亏了两家业务来往多，对彼此工艺流程熟悉，没费劲就找到了那条管线的阀门。脑子里什么想法也没有，完全听凭本能，全身气力扑在阀门上。平时强壮的男子才扳得动的阀门，她竟然转得生快。一圈、两圈、三圈，腔子里有个声音在喊：快、快、快！

千万不能冒顶！如果发生冒顶，万方大罐里的成品油就会像一锅开水似的溢出来，就会直接流入延河，污染水体。更要命的是，轻质油只要碰见一丝火星子，就会发生闪爆，阳山区几十只储油大罐将会连环爆炸……

当她用尽最后一丝力气将阀门完全关闭时，才感觉到天旋地转，知道已经油气中毒，挣扎着踉踉跄跄走出去，强令自己千万别倒下，地面的油气浓度更高，更危险。可是已经支撑不住了，四肢瘫软，意识在一点一点抽离，脑子里一片模糊……

醒来的时候已经在医院里，张开眼睛四下里望望，忽然想起了什么似的，一把拉住护士的手："没有冒顶吧？"护士一头雾水，旁边负责照看的同事却知道她的意思，忙回答："没有，都好着哩。"

在医院住了半个月后，大夫才允许她出院。

我问她怕不怕，她回答：“怕，想起来后怕哩。那会儿顾不上怕了。”说完笑了。她嘴角上翘着，满脸都是融融的笑意，暖暖的，如铺满一窗子的阳光。

早年的文华是享富贵的人，我看过她的一张照片，高挑的个子，长发披肩，很有作家三毛的味道。旁边是她丈夫，一表人才，年纪轻轻就当上了一个重要部门的一把手。可是不久，他便得了一场大病，为了治病，文华四处借钱，看尽了白眼。从高处跌落到尘埃中，更让人一蹶不振，还不如当初就是平常人。我常想，她得用尽多少心力才能把那些戳心戳肺的事整理好，捋顺摆平，捆扎打包，让心里安稳下来。可她竟也做到了，脸上静静的，不让一丝烦乱挂在眉眼上。和我们一起，她总是说一些高兴的事，仿佛她遇见的事情都是满意的、快乐的。

她儿子在偏远的小站工作，回家特别不方便。我便说，你给公司立了大功，不妨跟领导提个要求，把儿子调到你身边，好照顾一些。她却笑着说：我觉得挺好的呀，你想，现在大学生就业这么困难，而我的儿子顺顺利利就有了工作，我心里盘算我是个有福的人。说话的时候，文华的眼睛亮亮的。

我知道这是真心话，我们都不屑于虚情假意。

我俩并不常见面。每次去她家，一杯淡茶，一段光阴，五脏六腑被洗涤得干干净净，从头到脚滴滴答答流淌着清水。

灵性的铁

我去采访一位劳模，他是一名工人发明家。

之前先跟劳模的领导见了面，谈了谈我们的想法。领导一边抽烟一边不屑地说：那有个啥嘛，不就是闹了几个没名堂的发明，哄一哄不知道内情的人！说着吐出一个烟圈，好像一个渐渐变大变淡的“O”。我打算先和劳模见见面再说。

劳模叫王建国，他和一般工人有个很大的不同。一般工人不善言辞，来了陌生人很少说话，即便说也是简短几句话，倒不是冷漠，只是拙于表达，或者还有一丝丝羞涩吧。但是王建国不一样，很能说，一路上我已经大体了解了他的身世。43 年前，14 岁的他只是一个黄河岸边学木匠营生的小孩。为了讨生活，他干过很多工作，木匠、煤矿工人，后来进入我们这个石油企业，成为一名石油工人，一步一步成长为一名发明家。

我心里很高兴，我觉得一个人能说会道，真是个优点，至少不会茶壶里煮饺子。可是，他却和我经验中的石油工人那么不同，具体有什么不同也不好说。

他领着我先去参观他的工作室，里面摆满了他的发明创造，很多东西要不是他介绍，简直不知道是做什么用的。

“别看这些黑乎乎的铁疙瘩，都有灵性哩，会说，会笑！”王建国说这话的时候，手里托着自己的一件新发明，一个万能扳手。他的表情很柔和，像一个刚做了父亲的人在看着新生儿。

他的工作室不足 60 平方米，简直就是由一个个奇思妙想构成的新世界。如果不是石油工人，我完全不认识它们。经过了他的灵感和巧手，它们不再是冷冰冰的铁疙瘩，他赋予了它们新的生命。

我问他，是不是越发明脑子越灵活？他笑着点头：“可有意思啦，连吃饭睡觉都能忘了。”

石油行业是个高危工种，危险处处存在，工人们每天和各种危险打交道，时常有人会在事故中受伤，严重的还会失去生命。王建国说，刚参加工作时候，在一次施工中，吊卡的螺杆突然松脱，砸向地面施工的人，在重力加速度的作用下，小小的螺杆威力巨大，那位工人的头部受伤缝了 54 针。这件事促使他发明了吊卡锁销，小小的装置锁住了危险，井场上再也没发生那样的事故。

这样的小发明很多，别看小小的一个改动，却等于是给工人们的头上打了一把保护伞，从本质上保证了安全生产。

一个只念过小学的人，发明专利达 71 项。他是怎样化茧为蝶，由一个普通人变成发明家的呢？

有人说，热爱是最好的老师。一个人的心在哪里，哪里就会有收获。平时在生活中，王建国的生活简单到了极致，别人有了钱买房子、买汽车，而他的心完全放在了他的第二个世界里。在这个世界里，他的灵感纷呈，各种想法源源不断地涌现出来，仿佛有一种魔力促使他完成一件又一件的发明，别人有，他的巧，别人巧，他的优。

希腊传说里有个痴情的皮格马利翁，天天对着一尊美丽的大理石少女像歌唱，石头终于被唤醒了，化为一个鲜活的少女。王建国天天研究那些铁疙瘩，铁疙瘩也被他赋予了生命。

用他的话说，铁疙瘩就跟娃娃一样，有感情哩。

在一次处理事故井过程中，由于封隔器不收缩，拔管时造成井下油管拔断，原油持续往上喷，一连打捞了10多天，仍未见效，矿长、队长急得团团转。王建国大胆地向队上提出："给我3天时间，我改进一套打捞工具，试一试。"大家怀疑："你一个小工人，修改打捞工具一无图纸二无样品，说得倒轻巧！"

他独自一人来到工房里，把自己关起来，用了两天两夜时间，改制出一套新的打捞工具，第三天他带着自制的工具用了两个小时就成功处理了事故井，当天恢复了生产。

这件事为他赢得了普遍的尊重，那些讽刺和挖苦收敛了不少。

但是，反对的声音依然常常在耳边萦绕，妻子便是一个。纪梅有一肚子的话："他整天钻在那个黑屋子里不出来，对娃娃都没那么大的耐心！两个娃娃上学，他从来没有参加过家长会。"

面对妻子，王建国低着头，一声不吭，刚才给我们介绍他的发明时那股子侃侃而谈的神采不见了。

纪梅是个高中生，王建国也为当年自己能追到一个文化水平高过他很多的老婆而感到自豪。"那时候我老婆可是镇子上数一数二的俊女子！"言语间，男人的骄傲溢于眉眼之间。

纪梅一脸怨怼，并不领情："我们的第二个孩子刚出生26天，我还在月子里，每天要给孩子洗尿布，不能出门去，我那刚刚一岁多的儿子拿着小牙缸，一小缸一小缸地给我从门外的水龙头上接水。你问问他在哪里，他趴在车间机床上！娃娃上学了，我骑着自行车送两个娃到学校，娘儿仨掉在路边的污水沟里……你问他在哪里？"说起这些过往，她忍不住哽咽，眼泪扑簌簌流下来，不夸张地说，跟自来水差不多。

当着外人的面被妻子数落，王建国的脸上有几分尴尬。

“军功章里有你的一半……”

“我不要！”纪梅这几天腰痛，王建国忙于工作，连陪着妻子看病的工夫也没有。纪梅拿手擦了一把眼泪，一手扶着腰，走了。

我想，任何人都能理解一个女人长年累月带孩子的劳累和孤独。如今，孩子们都大了，远在北京工作。丈夫沉浸在自己的那个发明创造的世界里，远离了人群和社会，别人家有的房子、车子，他们家统统没有，至今夫妻两人住的还是职工公寓，孩子念大学的钱是银行里贷的款，年前刚刚还完。

熟人口中的王建国多少有点可笑，不通人情世故。儿子谈了个女朋友，一个杭州姑娘，订婚的时候，王建国老两口去杭州，说是顺便看看这人间天堂。到了准亲家那里，一看，嚯，房子这么大！王建国居然跟亲家提出，既然你们家里这么宽敞，那我们就不住宾馆啦，就睡在你们家的沙发上。亲家两口儿面面相觑，没见过这么“实在”的人，只好点头答应。儿子生了气，嫌老爸给自己丢了面子，很长时间不和他说话。

都说熟悉的地方没有风景。厂子里的工友都说王建国憨着哩，不知道给自己刨挖银钱，借着领导来参观，顺便提提条件也不算过分嘛。队上的领导更不以为然：闹那些玩意儿干啥，吃饱撑得没事干了！如今，工作中有了故障都习惯于请外援。

好不容易有个领导赏识他，给他一辆车，没想到领导一走，本单位的小领导开始作难，不给加油。理由是领导只是给了车，就没说给油嘛！王建国不吭气，还是默默搞他的发明，好像不知道别人作难他，给他难堪。

“世界上总要有一些肯吃亏的人，人人都精得要命，那还了得。我的工作能减轻工人的劳动强度，更加安全，我就觉得值了。”他憨憨笑着跟我说。

代课教师

夏日午后，太阳正毒，风一吹，院子里的槐树唰啦啦翻出一片白。蝉歌轰然而起，拼了命似的。睡意正酣的人翻个身，很快又掉进黑甜乡。

有人敲门，一阵紧似一阵，那架势，不把人从梦中拽出来就不罢休似的。开门一看，是蝉。

蝉似乎永远都想不明白，什么叫作眼色。每当我们责怪她没眼色，她便很冤枉：“天呀，咋又把你们几个神神给得罪了？”陕北人说谁怪癖，敏感，多事，无中生有，就用“神神”这个词来形容。微微的揶揄，暗含着贬义。

我说：所谓有眼色，就是别人午休的时候，你不能去打扰。还有呢？她的眼睛定定地看着我，黑幽幽的瞳仁，里面能看见忍住笑的自己。

就是这样，你能做到这一点就好了。

蝉是我们学校的代课老师，学校师资不够用，一个熟人帮忙介绍，她便从下岗职工变成了老师。

过了几天，午夜时分，电话铃突然响起来，凶神恶煞，吓人一跳。

顾不得穿鞋，赤着脚跑去接，心里胡乱盘算，怕是父母那里有什么事，手就不由地哆嗦，电话也拿不稳。

“我睡不着，咱俩去操场看月亮吧。”话筒里传来蝉沙哑的嗓音。

我把电话一挂，拔了线。

第二天，下了课，她到我办公室，叫来另一个好友评理，结果又是被我们批了一通，还是没眼色。

她自卫：“你们这些没情调的人呀，那么早就睡觉，老太婆似的。”

我便回敬她：“半夜游荡的是什么呀？”

“女鬼呗。”好友帮腔。

几个人就开始笑。她也笑，这一笑不要紧，嘴张得太大，后槽牙都能看见。

我们批评她不像个女人，她自卫：“扭扭捏捏就是女人了？”其实她自我感觉相当不错，尤其得意嘴边的一颗黑痣，“喏，美人痣。”下巴一扬，口气很自豪，并背诵起某散文作家的一段文章：“山坡上的小木屋，就像女子唇边的美人痣，给寂寞的小山平添了一份秀丽。”那腔调，俨然这篇文章是描写她的。

可是我知道，她快乐的天性背后，一个人要面对所有的日子。

小地方的人都喜欢探问别人的私生活，关于她的这一点引来了不少拐弯抹角的探问，她只是顾左右而言他，很快转移话题。问的人也扫兴，就像咬一口包子，还没咬到馅，就囫囵吞下了肚，稀里糊涂的，啥味道也没尝出来。不甘心却又不便追问。

其实，我也很想知道，但我没问。

她倒不讳言自己的故事，我们一喝酒，她就开始讲情感故事，女一号当然是她，那个男的永远是帅哥白马王子。她多次强调，就是喜欢帅的，看见长得好看的男子便有些奋不顾身。我说不喜欢帅的，绣花枕头一个。遭到她的哂笑：你是对自己没自信吧？

她开始讲自己如何对那个男孩子一见钟情，上大学的第一天就迷上了他。苦追三年，那男孩与她倒是交往过一段，无奈毕业分配的时候，分了手。她喝一口酒，慢慢咽下，好像把那些往事也咽下了。

后来呢？

后来，打听到他结了婚，妻子贤惠，孩子可爱。和所有这类故事一样，伤心的只是自己。

“你们不知道，那时，我多么快乐，每天下了课，抱着书本，在他们教室旁边等他，所有的人都知道我在追他，都笑我。但是我不在乎，我一看见他就高兴得不行。”说着，脸上放出光彩，好像又看见那个男生了。

冬日傍晚，买来一碗羊肉汤，她舍不得吃，特意给男友端过去。男生宿舍离女生宿舍足有 1 公里远。手脚冰凉，心里却欢喜得要命。一屋子的男生笑啊闹的，抢吃抢喝一通。那个男孩子却淡定得很，在一边看书。

“你们知道不？掏心掏肺地对他一场，这是我最快乐的事。”

她微醺，脸色泛红，眼睛又黑又亮。喝多了就开始唱歌，我们都喜欢许巍的歌：心中那自由的世界，如此的清澈高远，盛开着永不凋零，蓝莲花……她跑调，我也跑调，唱着唱着我们都笑了。再喝一杯。

爱情故事多半是无果之花，灿烂地开过，无奈地谢去。很多人把它夹在日记本里，或者丢弃在一边。然后，眼睛一闭，一个猛子扎下去，全身心地陷入日常生活的泥淖里。那些事永远不再提起，或者干脆把它当作一段弯路。

可是，她不，总是一再地和我谈起爱情这个话题。她说，爱情就是要让人回味的，就像家乡，就是要让人怀念的。

我说，竹篮打水一场空。

她便说，那也不一样，出门旅游一次回到家里和根本就没有出过门相比，到底是不一样的。

我承认，她的谬论有一点道理。

前一段故事是浪漫主义，后一段就是现实主义。后来年龄大了，结婚了。按说是归队了，成了大众一员。剩下的就是过日子，年复一年日复一日，一眼能看到十年以后的光景。可是又不甘心，想着自己挣钱，不用靠着男人。不顾已怀了一个小生命，跑出来找份工作。

陕北有句俗话：嫁汉嫁汉，穿衣吃饭。可她宁愿十步一啄，百步一饮，日子虽然艰难，可也快乐。

于是，穿着波西米亚风的长裙，披着齐腰的长发，自己提水做饭，晚上备课到深夜还乐此不疲。眼见的一天天显怀，她还跟没事人一般，上山下坡，连走带跑。学生们也喜欢她，爱学她的课，数学期中考试的平均成绩，竟然比平行班高了 6 分。

夏天的傍晚，我们学校四周静悄悄的，只听得她坐在院子里唱歌，直吼吼的嗓子，严重的口音，让人想笑又有些笑不出来，她真是有心劲啊。

事后跟她说，别动了胎气。她说没事，我要让我的孩子跟我一样乐观自信，笑对生活。

我们又损她：别跟你那么夜叉似的就好了。

她也不理会，继续唱歌。出门唱，进门唱。做饭唱，扫地也唱。大家都说，她活得真有心劲啊。

还是遇见了麻烦。初冬的一天，一个学生上课说话，被她批评。那学生表示不服，歪着脖子。我们这个子弟学校，正式老师他们尚且不放在眼里，何况一个临时的。她便罚他站到门外，这也是老师唯一的一点权力了。可是麻烦就来了，下午，学生家长跑来闹事，说她的娃娃从小就金贵，没受过这种罪，凭什么叫娃娃站在门口受冻？

我们刚开始还给她解释，后来她鼻子里喷着粗气，干脆放话：“我们家的娃娃是托付给你们照看一下罢了，并不指望你们教他什么。长大了找工作，哼，肯定比你们教书的强。”她说完，金鱼眼睛扫了一圈，这一扫，把轻蔑均匀地分配给了每个人。

家长的这个态度是有传统的。我们这个学校，老师一旦和学生发生冲突，家长们就会到厂里告状。厂里会把这个矛盾转到校长那里，校长觉得这些事影响了学校形象，便迁怒于老师，嫌老师多事。久而久之，精明的老师就不管学生了，任他们在课堂上睡觉的睡觉，说话的说话。

精明人太多的地方，往往弄不成事。虽然还有少数责任心强的老师在认真上课，但学校的教育质量还是渐渐地滑下去了。

那天，那家长结结实实地发了一通飙，声言还要到厂里告状。也没等到她去告状，当晚，蝉就收拾东西。我也没劝，她应该回家了。我记得她临走时，慢慢地说：“不出 10 年，这个学校就会消失。”当时想着也许很渺茫，可是后来，老师们能有几分奈何的，纷纷跳槽，生源也渐渐减少，最后这个石油子弟学校当真就解散了。

算算时间，恰好 10 年。

老人

那时，刚发现他耳聋了，我们打算给他买个助听器，就去西京医院。搀着他过马路，稠密的汽车像呼啸的子弹，在我们前胸后背嗖嗖而过。我们辗转腾挪于车流中，感觉是在枪林弹雨中逃命。

过了马路，才松了一口气。他微笑地看着我，眼神里充满了感激，还有一点点羞赧。我懂得他的心理，为自己连累了我们而感到抱歉。在那些车主的眼里，一个耄耋之年的人上街干啥，为什么不好好在家里待着？上街就是扰乱交通秩序！是呀，在这个慌慌张张的城市里，谁会关心一个步履蹒跚的老人呢？谁会体谅老人上街的艰难呢？

而此刻，我们守在他的床前。

他艰难地呼吸，嘴半张着。因消瘦，喉结显得异常粗大，急促地上下滚动。

我的手轻轻地握住他的手。这是一只老年人的手，青筋突起，肌肉塌陷，布满了老年斑，因早年的劳作，手指微微变形。过年的时候，陪着老人打麻将，我仔细不碰到他的手。他的手是笨拙的、丑陋的，摸牌的动作异常缓慢，令人微微的不耐烦，不留神碰到，砂纸一样粗糙。

此刻，我将手轻轻覆在他的手背上，至少，要让他知道，在告别这个世界的时候，并不遭人厌嫌。

他的手没有动，五指并拢，手背上还打着点滴。

这是一只怎样的手啊，30岁，拖儿带女，从遥远的安徽到陕西腹地。在苦寒的黄龙山，依靠这双曾经灵巧的手，修锁修笔，修理一切家中常用的物品。换回来菲薄的毛票，养活一家老小。而这手艺全是靠自个儿摸索出来的，并没有真正拜师学艺过。

过去的一切挣扎与苦痛，在后来的描述中也只是三言两语，可是设身处地地想想，那需要多大的胆量和勇气，盲目地奔波，疾病和饥饿，长期在白眼和歧视中忍辱偷生。

我不止一次地听到婆婆对艰难岁月的描述，又冷又饿的一家人躲在别人废弃的土窑里，孩子发着高烧，没有一点儿吃的。他出去找，发现了人家地里收过白菜后丢弃的菜梗。就是靠着这些已经算不得食物的东西，硬是讨了一家人的活命。

深秋，田野里的玉米一片金黄，可是，路过人家的玉米地，他一再告诫孩子们，不能掰玉米，那算是偷。“穷死不为盗，饿死不做贼。”这是他教育孩子时常说的一句话。

多年以后，我听到这句话，设想自己处于饥饿状态会怎样。不掰人家的玉米，恐怕做不到。凭什么让我挨饿？今天，我们已经丢弃太多的准则，或者，我们的心里压根就没有什么准则。一切皆有可能。

我把想法说给丈夫听，他沉默半天，说爸一辈子都在恪守那些老规矩，一举一动都是。他只念过三两年私塾，却藏了不少诗书在腹内。早年家庭豪富一方，婆婆至今还在念叨那大平原上的300亩好田，儿孙辈也开玩笑叹息，说要是搁在今天，那300亩好田该值多少钱？买楼房还要这般煎熬？说要是太爷爷不抽大烟，那咱们今天该多有钱，还用得着起五更睡半夜的上班？

白云苍狗，世事变幻莫测。,300 亩好田让祖辈挥霍一空后，他就在贫寒中挣扎，却也躲过了斗地主分田地的灾难。

我从来没有听他叹息过 300 亩的好田，却常常听见他吟咏诗词。记得有一次，他吟咏《论语》中的句子并且品评一番。我感到惊讶，一个挑着担子游走于乡间的手艺人，居然也可以这样高雅。后来，经常听到他脱口而出的诗词文章，我便明白，原来真正的文化人不一定是洋洋洒洒下笔千言者，却有可能是隐居在民间或引车卖浆之流。一个被文化浸润的灵魂，即使沿街叫卖，即使弯腰耕种，即使面目黧黑，即使手脚粗糙，仍然是美的。

吊瓶里的液体还在一滴滴注入他的身体，可是眼见他呼吸渐弱，腕部的脉搏忽然变得宏大有力。那些药液已经没用了，他衰老得就像一片秋天的树叶。

我们所能做的就是陪着他，在死亡的边缘。目送。

所有的人在默默流泪，有的已经泣不成声，想想平时对他的疏忽，我的内心充满愧悔。长期以来，衰老使得他渐渐失去了听力、记忆力和行走的能力，随之不再开口说话，最后，连儿女们都不认识了。都以为他已经糊涂了，啥也不知道了，也就不再和他说话。他也从不参与家人的谈话，总在一边打瞌睡。这个曾经的家族的顶梁柱渐渐被边缘化，成为一个若有若无的存在。

过年的时候，孙子们趴在他耳边喊话的时候，他顶多微微点头，好像对一切都同意，叫吃饭就吃，叫喝水就喝，叫睡觉就睡。连保姆都说，这个老人好伺候。谁知道前几天他忽然开口说话，安排自己的后事，言语之清晰让人惊异。原来，他心里什么都知道。大家平日对他的存在的轻忽，他是明白的，但他选择了原谅。

时间一分一秒过去，我能清晰地感觉到生命渐渐抽离他的躯体。此刻我才明白，伴随他的逝去，他与我们的缘分也就结束了。

死亡是一把剪子，剪断一切。

丈夫不止一次地对我说起一件事：那一年，他在一个叫作崾岘的地方给人家修理门锁，人家给了两个包子当作工钱。他冒着风雪，一路急行，到家叫醒了两个已经睡熟的孩子，从怀里掏出尚还温热的包子……

每次说到这里，哽咽得说不成话。

此刻，面对亡灵，面对满堂儿孙，丈夫又说起这个故事，在静默的灵堂里，每一个字砸在地上溅起微微的尘土。所有的人哽咽无语。

而我，好像看见了很多年前，他怀揣热包子，疾行在回家的搅天风雪中。

温暖与照亮

每一次路过延安七里铺，总是不由地看那座小楼，看了又看。很多年了，它还在那里。

它有个好听的名字“文艺之家”。

在这淡黄色的小楼里，收藏着我生命中的10个月。那是一段闪亮的日子，饱满而结实。一并收藏的，还有那些回响在楼道里的跫音，那是写作者来访；还有那些愉快的谈话，那些笑声；那些窗外咕咕细语的鸽子；那些在昏黄的电灯下阅读过的稿件；那些从窗外射进来的阳光，以及漂游其中的细尘。

记得第一次上这座小楼，是在一个暑假。我领着3岁的孩子。

小楼五层是《延安文学》杂志社，主编是曹谷溪。

诗人曹谷溪，他的名字在很多人那里辗转传说。诗人，多么优美的词汇。

也许别人认识他很容易，但是对我来说，认识他是很不容易的。

在陕北，曹谷溪是文学的代言人。那时，觉得他和文学在另一个世界，非常遥远，与我生活的石油小城完全没有交集。

那一天，当我走进这座小楼里，脚步轻轻，四周一片安静。孩子毫无顾忌地开始咿呀唱歌，我连忙制止她，可是她反而尖叫了一声。我吓了一跳，使劲乖哄，这才让她住了口。

五楼的楼梯口挂着陈忠实的一幅书法作品“文学依然神圣”。立刻感到一种强大的气场扑面而来，皮肤微微刺痛，似乎无数小针扎着。暑热的天气，我忍不住打了一个寒战。

曹老师身穿白衬衫背带裤，诗人气质，待人很和气，毫不拿架子。他说看过我寄来的作品，很好的，但很稚嫩。我想不到他居然表扬我，有些吃惊。

其实，在决定拜访之前我无数次想象过：他拿起我的文稿，也许会哧地笑出来，说“这也叫文章？”或者“你不适合写作！”那么，我将立刻放下手中的笔，与写作告别。

和我的臆想完全不同，我的心这才稍稍平静下来。

屋子里还有一个女孩，我们坐在沙发上很认真地听。我注意到，他的鬓角已然挂着星星点点的霜雪。他坐在宽大的椅子里，转过身，逆光，看不清脸，认真地对我们说：“文学需要热爱，就像爱自己的恋人一样。你想象一下，一个小伙子看见自己的恋人在山峁上站着，他从陡峭的山路往上攀爬，希望能与她见面，尽管爬山爬得满头大汗，你说他感觉到的是累吗？不是，是幸福！”

说着，他激动了，站起来，身体挡住了窗外射进来的阳光，屋子里一暗。旁边的年轻姑娘，忽闪着美丽的大眼睛，说：“我懂了，曹老师，我回家去好好写呀。”

而我，什么也没有说。

以后的日子里，每天晚上孩子睡熟以后，我都在灯下写作。青春便不再荒凉，每一天居然有了暖意。

他的那番话仿佛点亮了一盏心灯，很久以来，每次我感到看不见前途，不想再坚持，想要放弃的时候，那盏灯就会亮起来，小火苗倔强地一闪一闪。

因为一件公事，曹老师来到我的石油小城，对我说，希望我能想办法请个长假，来延安文学杂志社学习。这句话对我来讲好似纶音佛语，一时以为是听错了。

我早就知道那座小楼被誉为陕北文学界的“黄埔军校”，许多业余写作者都是从那里走上了文学道路。于是，费尽了周折，2002 年 3 月，我请假来到小楼，开始了 10 个月的学习。

记忆里，曹老师总喜欢坐在他那宽大的椅子里，一边叼着烟斗，一边和我们聊天。窗子外的阳光正好打在他的背上，给他镶了一个金色的轮廓，烟斗一明一灭，不时腾起烟雾，隔着烟看不清脸，但那些话却异常清晰地印刻在脑子里。

有一次他讲笑话：“两只狮子领着一个小狮子在草地上散步，碰见了一头母猪领着一窝小猪娃。母猪便嘲笑狮子：看，你们两个才领着一个，而我，领着一窝。狮子叹口气：我的固然很少，可这是狮子啊！”

他讲话慢慢的，自己不笑，却逗得大家哈哈大笑。过了一段，忽然悟出他的意思，其实，他想告诉我们，写作要有精品意识，作品不在于多而在于精。

他很少讲抽象的理论，但在轻松的谈话里，不经意间，总会让你悟出写作的道理。

中午大家一起吃饭，我们喜欢吃辣椒，他便讲怎么做油炸辣子：买新鲜的大葱，把葱胡子连根切下，洗净，晒干，然后切成细末，掺和在干辣椒面里，再加一点盐，烧红的油一泼，那个香呀，直冲脑门。尝一尝，那个味道啧啧啧。

讲完了，看见我们愣愣的，便大腿一拍，恨铁不成钢地说：“娃娃们，我是给你们提供素材呢，将来你们写小说什么的，说不定能用得上！”大家相互看看，嘿嘿地笑。

多年以后，这些话没有用在小说里，却使我悟到什么是“细节”。初学写作，往往热衷于宏大叙事却忽略了细节的营造，作品的架子搭得十足却难免简单粗陋。其实，细节往往支撑着作品，决定着作品的质地。我说给他听，他叼着烟斗，慢慢地说：对嘛，就是这个意思。

他总是在不经意间给我们讲写作的道理，可惜有很多时候，在我们没心没肺的笑声里，那些有价值的东西便被忽略了。

10个月的学习对我来说非常难得。大量阅读来稿开阔了我的眼界，使我悟到文学的多样性以及个性写作的必要，从而建立了自己的文学自信。在他的关照下，我的第一本书《弱水三千》出版。虽然稚拙但敝帚自珍，格外珍惜。

如今，曹老师已经白发斑斑，年过七旬，但温厚慈祥，儒雅热情，与众多的老人完全不同。看到他，会由衷地感到文学对人的滋养。关于他，随着一步一步地走近，逐渐了解到，当年他也是一个文学青年，靠着不懈的努力，从小山沟里走向自己的文学殿堂。

他不只一次地跟我们讲起年少的经历：高中毕业后，曾在农村给公社干部当炊事员，白天在厨房里做饭，晚上伏在小炕桌上写诗。想象那场景，总让人有种穿越感，白天是炊事员，晚上是诗人。白天是形而下的物质，晚上是形而上的精神。在地老天荒的陕北，荒诞却真实。而他真的化蛹为蝶变成了诗人，让理想落地生根开花。

他喜欢用轻松的口气说自己的故事，那时，我们也就只当听故事。在后来的日子里，我渐渐明白，他的故事其实是在激励我们，在鼓励大家不要放弃。这个典型的理想主义者，甘愿一生走在追逐理想的漫漫长途中，犹如逐日的夸父。对后来者而言，他是榜样，是标尺。

他说过的话很多很多，如果真的听懂，都会受益无穷。譬如，他曾经告诉我们：写作要葆有一颗安静的心，过于急迫或者浮躁都会造成伤害。我相信他的话，这是一个浮躁的时代，谁不浮躁，谁将会成功。

长城的女人

我们去长城采访。

此长城非彼长城。它不是秦始皇修的那个，也不是孟姜女哭的那个，只不过是吴起县一个默默无闻的乡镇，因为穷，声名远播。念大学的时候，班上第一次办元旦晚会，买了很多糖果零食，一位男同学没见过橘子，不知道该怎么吃，竟拿起一个张口就咬，女同学看见了，笑得肚子疼。原来这位同学是吴起县长城乡的。从此我就牢牢记住了这个地名。

这几年，我们企业在长城乡搞石油勘探，成绩还不错，好几口探井都打出了油。作为企业的记者，我第一次搭车来到大山深处作采访。

长城乡地处吴起县白于山区，降雨稀少，山大沟深。先前在这里生活的老乡几乎与外界隔绝。我们的勘探队员一路上讲笑话：汽车开过来，老乡没见过，惊呼，哎呀，你们的牛咋跑得那么快！还不吃草！

笑话不算啥，还有更离奇惊险的呢！

勘探队员晚上借宿老乡家里，老乡倒是很热情，让进了暖呼呼的窑里，可是，一条大炕，全家老老小小男男女女都挤在炕上，怎么睡呀？这让城市里生活的人感到别扭。没法子，野外工作只好将就着。

晚上，家里那个漂亮的大女子不知什么时候挤过来挨身睡下。小伙子吓得一宿没睡。

“操心吧你！”说着，男同事挤着眼睛笑。只听说长城乡穷，没想到穷成这样，来了个普普通通的勘探队员竟成了人家姑娘心中的白马王子。

一路上大家都在讲故事，主要内容就是长城乡的各种穷，一切形容词都难以表现的彻骨之穷。

不过，这些已经是前些年的事了。现在，坑坑洼洼的乡村公路已经扩成宽阔的大路，不过还没铺上沥青，车一开过去，立马尘土飞扬，好像路上翻滚着一条大黄龙。这几年，哪里有石油，哪里就会修路，路边就会生长出一些小饭馆、小商店。石油钻机钻探到哪里，哪里就有活路，老乡们给井队搞基建、送水、送料，就有了来钱路。

那些小饭馆、小商店分外惹眼，墙体刷得白白的，招牌做得大大的，老远就能看见，什么“亚细亚饭店”“寰球餐厅”，名头很夸张，其实只不过是小小的土坯房。过路司机吃顿饭、买包烟，就能让小店的主人有钱可挣。只不过那些招牌上的错别字实在多，“炒面”写成“妙面”，“炝锅面”写成“轮锅面”，“饸饹”写成“河捞”，倒是蛮有气势。我们一路走，一路看，一路笑，忘记了出差途中的颠簸和乏味。

快到中午了，肚子早就饿得咕咕叫唤。这荒郊野外的，也只能到路边小店里吃了。司机老王提议，翻过这座山，有一家饭馆挺红火，咱们到那里吃饭。我们当然都听司机的。司机都知道哪里的饭好吃。

很快翻过一座山包，远远地看见一座白房子出现在山峁峁上。在高原的灿烂阳光下，白房子那么耀眼，大红字招牌远远就看见了，上面四个大字：红艳饭馆。不用说，老板是个女的，芳名红艳。

果然，远远瞭见有车过来，一个中年女子一打帘子，从门里出来了：

“快进来，歇一歇，累坏了吧？”一边说一边挑起绣着双喜字的门帘子，把我们往屋子里让。老板娘身着韩版短上衣，头发烫成时兴的烟花烫，两只玫瑰金耳环随着她的动作一晃一晃的。只不过到底是乡下，比起城里女人到底粗糙些。

刚把茶水倒上，还没安放停当，院子里又来了一辆拉油车，背后也跟着一条大黄龙，不待黄尘散去，从司机驾驶室里“嗵”的一声跳下一个壮汉：“喂，老板娘，端一盆洗脸水，热热的！”

红艳忙答应一声，招呼着出去倒水。屋子里早来的几个客人又在催饭，红艳一边热情地应答着“就来就来”，一边又给我们把茶水续上。

大家相互看看，递个眼神，不错，是个好饭馆，当记者的常年奔波在外，经验告诉我们，哪个饭馆热闹，哪个饭馆的饭就好吃。

门外的壮汉洗毕脸进门来，一股子寒风跟进来，一屁股扑塌在椅子上，椅子压得吱吱响。

炒面很快端上来了。“妙面。”谁咕哝了一句，大家想起招牌上的错别字，忍不住笑起来。果真是妙，很香。不知是饿极了还是当真厨师手艺高，一大盘面条，个个吃得香。我连减肥也忘记了，不多工夫，四个人的盘子里干干净净。

两个男同事还要添饭，我就出去溜达。初冬，陕北已经很冷了，背阴处寒气逼人，但是艳阳高照，向阳山坡暖烘烘的，一个老汉圪蹴在那里晒太阳。我就跟他聊天，老汉说饭馆可把钱挣啦，这两年山上打出了石油，拉油车也多了，做生意的人也多了，红艳就卖了家里的两孔窑，开了饭馆，天天生意红火。

中午正到饭时，饭馆门前这会子已经停了好几辆车，司机们来来往往，洗脸水泼在地上，泥呼呼的一大摊子。

“你说老板娘卖了家里的窑？”

“是哩嘛！”老汉慢悠悠地回答。

原来，红艳的丈夫给人家帮工打窑，结果窑土塌下来给压死了，丢下两个娃娃。在农村，寡妇熬儿最可怜，最穷的时候，连个买盐的钱也没有。一村子的人都说，这家子算是完了！

村子里来了钻机，轰隆隆的钻机塬上坡下到处钻探，地上不长草，地下必有宝，原来，这个穷地方地下埋着一个油海。有了石油就有了公路，有了公路一切就活泛起来了，村子里的人有了挣钱的路子。有人给钻井队打零工，有人给井队供水、供料，还有人开饭馆。红艳咬咬牙，把窑洞卖了，也学着开饭馆。

正说话间，又来了一辆拉油车，司机刚从车上跳下来，红艳已经忙忙从饭馆里迎出来，又是倒水又是拿笤帚给他扫尘，眉梢眼角一股子压抑不住的高兴劲儿。小伙子黑黑的脸，牙倒是挺白，瘦长身条，裤子上有斑斑的油迹子。红艳嫌水不热，又提来暖壶往脸盆里添，白白的气浪升腾起来，从她身边缭绕而过。隔一会儿，她又从屋里拿来一条雪白的毛巾搭在脸盆架上。

同事们吃完饭都出来了，我们立刻上车赶路。司机老王肚子里藏不住话，一上车就迫不及待地八卦起来。原来，红艳刚交了一个男朋友，就是门前刚来的那个小伙子，俩人年龄相差小十岁。

据说，小伙子头一次来饭馆吃饭，老板娘在饭下面埋了一大块炖羊肉，小伙子要的是素面，吃到最后发现不对，正要问，一抬头看见红艳倚在门框上，偏着头儿望着他抿嘴笑。小伙子是个明白人，一时间脸红了，只埋头吃饭。后来每次路过，红艳就单锅另灶给他吃最好的。这一切自然瞒不过走南闯北的老司机们，大家就开玩笑瞎起哄，到最后俩人就好上了。

“嗨，真是个好婆姨，眼窝花大花大，又利索又能干，谁娶了谁有福气！”老王说。

卖菜的老杨

不知不觉地，光华路两边就形成了一个菜市场，刚开始只有老杨一家。那时这个新小区里的住户不多，我也想不起来老杨是什么时候到这里的，好像是夏天吧。那时，光华路还很冷清，他的架子车就停在路边，车上是常见的黄瓜、西红柿、小白菜等。

老杨是个面善的人，人很木讷，一张诚恳的脸，比走街串巷的那些伶牙俐齿吆喝的小贩更让人放心。渐渐地，我成了他的老顾客，下午下班回家，他一见我常常是笑笑，算是打了招呼，我若是买菜，他会实实在在告诉我，今天的西红柿不咋样，建议我别买了，买些其他的菜。或者黄瓜有些苦，是嫁接的，等等。而同样卖菜的小高，就完全两样了，我无论拿起什么菜看看，他都会一迭声地说，刚刚来的菜，新鲜着呢。比如：刚拿起胡萝卜，他就会说，脆格生生的胡萝卜，早上刚从地里拉来的；拿起黄瓜，他紧接着又说，水格灵灵的黄瓜，刚摘的；有些时候，辣椒都打蔫了，他还会一个劲儿地说，看这绿个峥峥的好辣子，市场上再没有比这更新鲜的呢。我算不上个好主妇，不会像那些精明的人那样，眼睛像探照灯似的在菜堆上寻来寻去，往往听卖菜的建议，他说什么新鲜，我就买什么。时间长了，我发现还是老杨待人诚恳。

老杨其实算不上个好生意人，手大。卖菜总是末了给人再添上一些，秤杆高高翘起，秤锤都站不住，还生怕人家看不见，高高举着让人看。要是多一二两就干脆抹去，算都不算。相比较，小高就显得精明得多，他总是一个劲儿地说自己的菜新鲜又便宜，捎带着说隔壁几家的菜怎么怎么不好。称斤两的时候，往往称还没站稳，就手脚麻利地一压秤杆，急急地报出钱数，亏他脑子快。别人也懒得细算，就按数付钱，事后回头一想，总是多算了那么一点儿，算啦，人家也不容易，再说，谁还好意思回头讨要呢。

渐渐地，买菜的人多起来，卖菜的也就跟着多起来，光华路的两边慢慢红火起来，有些人就安营扎寨了，白天卖菜、卖水果，晚上就住在路边。

渐进年尾，一天比一天冷，我上下班常常看见那些卖菜的站在路边，穿着军大衣还冻得瑟瑟缩缩。做买卖的时候，那手都伸不展，给人找零钱，手抖得半天抽不出一张毛票。

老杨因为来得早，占据了有利地形。临近过年，我发现他居然在路边搭起了一座简易房。那房子说不上是什么材质，好像是一种泡沫材料，看着不怎么结实，房顶上是彩条塑料布篷着，窗户上蒙着透明塑料薄膜。不管怎么说，老杨的摊子也算是颇具规模了。

好像是一个学一个的样子，不久，光华路两边搭起了好几个这样的小房子，有的卖菜，有的卖水果，还有的卖小吃，一时间这里颇像个市场。

冬天，老杨的房子里搭了一个火炉，稍稍能抵御外面的寒风，可因为房门大敞着，实际上还是很冷，老杨一天到晚地穿着那件军大衣忙来忙去。一次我去买菜，拿了东西才想起手上没带钱，老杨憨憨一笑，说，下次吧。谁知道我竟然给忘了，每次上下班路过，只是和他点点头。过了很久，有一次不知道为什么忽然想起来，觉得自己太粗心大意了，谁不知道对于一个做小买卖的人来说，十几块钱算是一笔钱呢！我赶忙到楼下还给他，老杨还是陕北农民那种特有的憨厚，笑笑说，没有了慢慢给。我想起前一段时间去超市买东西，手里提一大堆东西在收银台排队等候。我是个爱胡思乱想的人，一边排队等一边想其他事情，不想手里提一只扫帚竟忘了交给收银员扫码。等已走出时，她和我几乎同时发现了这个事情，没容我反应过来，她一声断喝，厉声叫我："呔，那个女的，你怎么不交钱就走！"人头攒动的收银台前所有的目光都聚焦向我，我感到自己真的像做了什么亏心事似的，赶紧回身刷卡。收银员白了我一眼，那是一种审判的眼神，含义很清楚："装什么，这样的人我见得多了。"

我在众目睽睽下狼狈出逃，跑出超市一个人站在大太阳下，愣了半天神才恢复平静。

后来想，不守信用的人太多了，也怪不得人家那种态度。而老杨，他似乎一点儿都没有想过人家要是忘了还他钱该怎么办。

光华路的市场越来越红火，有时候卖家电的也来这里，搭起个舞台，一些女孩子在上面又唱又跳，旁边一个男人手持麦克风大声吆喝夸说家电怎么怎么好。当然，围着看热闹的多，真正掏钱的少。来卖菜的农民也越来越多，竞争越来越激烈，往往相互之间开始压价。主妇们买菜的时候喜欢货比三家，挑拣又好又便宜的，一天下来，老杨他们的收益也越来越微薄，不过和他聊天会发现，老杨还是很高兴的。有一次，他很骄傲地对我说，这几年卖菜，他给儿子把媳妇也娶上了，要是还在农村里受苦，媳妇还不知道什么时候才能娶上呢。陕北民间有个默契，父亲给儿子把媳妇娶了就算是把责任尽到了，父亲老了儿子要给他养老送终，所谓老子欠儿子一个媳妇，儿子欠老子一副棺木。

老杨的责任其实刚刚开始，当天气渐渐热起来时，他那简陋的小房子里多了一个孕妇模样的女子，她日渐隆起的腹部预告老杨快要当爷爷了。

我们都开玩笑地说，小孙子叫爷爷可不是白叫的，以后老杨还得好好挣钱供孙子在城里念书的。老杨憨憨一笑，显然他对于大家的说法也很赞同，要是小孙子真的能在城里念书，那就是城里人了，再也不用下地里受苦，戳牛屁股了。老杨说，他们那个村子里的人，只要稍有奈何的，统统进城了，农村实在挣不下钱，打的粮食卖不得几个钱。

老杨似乎越来越勤快，门前常常拿个破扫帚扫得干干净净，一双皲裂粗糙的大手把蔬菜码得整整齐齐，叫人看了舒服。他的儿子和媳妇有时也过来帮忙，帮着拿东西，听说儿子在不远处的一家小区收废旧物品，一天下来也能挣个大几十的。

好像是一夜之间，光华路两边大大小小临时搭建的房子上都被写上了一个大大的“拆”字。原来，这里要新建一个居民小区，上面说了附近这些建筑都是非法的，要立即清理。对倒是对着哩，可是大家买菜到哪里买？没有人能说出个子丑寅卯来，该管的还管不过来呢，谁管这些小事情？

我看见老杨和其他人一样，在早已被掀掉屋顶的房子里整理那些没有卖完的蔬菜，蔬菜上蒙着灰尘，他站在废墟里收拾东西，动作机械，周遭一片仓皇，全然不见了以前的劲头。看见我，他咧一咧嘴，像是努力地笑又没有笑出来，我也想和他打个招呼，又不知道该说什么好，心里说不出来的酸楚。

我不知道老杨最后去了哪里，是回到了村庄，还是继续在城市挣扎，好让他的孙子将来能在城里念书。

秋子如水

她站在那里，两条长辫子很随意地垂着，眼神柔和、平静，整个状态很松弛。我原本有些小紧张的心也跟着松弛下来，暗暗提醒自己：她就是《寸断柔肠》《我跳舞，因为我悲伤》的作者冯秋子啊！

十年前，《寸断柔肠》在我的床头放了很久，成为每晚都要读一读的书。不过，我从来没有想过与作者晤面。在我看来，她那么遥远，根本不可能和我的世界产生交集。是的，她属于另一个世界，远离这个尘土扑面的黄土高原。

我所在的石油企业邀请一些著名作家学者采风，我是作为业余作者忝列其中，认识她应属十分偶然。

刚开始，我称呼她“冯老师”，她话不多，很和气，脸上始终挂着笑容，不是那种积极的、热烈的笑，而是一种，怎么说呢，是一种温和的笑，棉花一样松软、干爽。我感觉她很放松，走路轻盈，言语温和，不疾不徐，舒张有度。

拜谒黄帝陵是其中一项重要活动。新修的黄帝陵更具一番宏大气象。

她对建筑更有兴趣，不停地赞叹着建筑之美，一边走一边不停地拍照。我注意到她喜欢拍一些不怎么被人注意的细节，比如被清晨的阳光拉得细长的人影，一片金黄的叶子……渐渐地，她落后于大家。别人都参观完回到车上了，她犹豫着该不该到祭祀大殿看看。我便说，好不容易来了，就去吧，我陪你。她好像特别怕麻烦别人，急急忙忙上去转了一圈就下来了。我心里说：冯老师，你不用那么着急的嘛。可嘴上没吭气，觉得她太客气。一个不愿意麻烦别人的人，要是给别人添了麻烦会很不安的，算了，还是随意的好。我想。

几天下来，忽然感觉，她的随意背后有一种很认真的东西，那就是与众不同的品位。衣着随意舒适但并不潦草，她穿普拉达，但没有名牌惯常的咄咄逼人感，还是那么熨帖自然。我心里暗想，衣服就是人的语言，穿久了沾了人的气息，会替人言语。

一次我们走路，她忽然对走在前面的王彦敏说："姑娘，你的衣服不是这个穿法……"话还没有说完，就拿手要替她扽开后下摆的衣褶，无奈缝得很结实，扽不开，她干脆弯腰用牙咬，费了半天劲才弄开，又替她把后摆散开，整个衣服立刻显得很洒脱。

彦敏有点不好意思，小声道谢。她就像做完一件家务活一样，一脸轻松。要是换作我，会深弯下腰，用牙给人扽线头吗？这个简单的问题，还真不怎么好回答。

几天下来，越来越觉得她好看，就是这么奇怪，有些人初看好看，越看越不好看，有些人是初看不打眼，越看越觉得好看。她吃饭一粒不剩，盘子里干干净净，说，不浪费别人的劳动。我注意到，她老喜欢提起"别人"，不麻烦别人，不打扰别人，走路总是脚步轻轻，生怕给别人制造噪音。上车提箱子总是自己提，连年轻人帮忙都不肯。夏老师的座位前面放着一桶水，我们谁都没有注意到，她不吭不哈地提到一边去，说，这下你就舒服一些。看不出来，这样文雅甚至柔弱的女子干力气活居然也这么在行。

我心想，一个心里有别人的人怎么会不好看？

不料想，路上出了事故，在榆能化参观，落在后面的秋子不小心一跤绊倒，踝骨骨折。

我赶过去的时候，大家已经将她扶起来，她脸色苍白，嘴里不停地说着对不起。我知道她是觉得惊扰了别人，心里不安。

我心里很自责，其实，在下车的时候，凭着一种职业的敏感，所谓危险源辨识能力，我觉得车停的位置不对，车身和人行道之间刚好能放进去一只脚，这是很容易崴脚的。可是，我却没有给大家提醒，心存着侥幸，哪能那么巧？

要是我给大家提示一下，或许这个事故就不会发生。现在，一个疏忽导致了她受伤，她痛得眼泪都出来了，眼睑很虚弱，半闭着，嘴里不停地轻声说，给大家添麻烦了，真是对不起。

在医院简单地处理之后，领导安排我护送她回北京，乘坐晚上的飞机。

我永远都不会忘记我们在飞机上的交谈。飞机飞得很高，在云彩之上，秋天的长空，阔大无垠，半天红透，心跟着辽阔起来。

不知从哪里开始，可能是为了忘记疼痛吧，我们谈起一些很私人的问题，爱情。

生活中，无数人、无数事实已经明确地告诉我，世界上不存在爱情。初涉人世不服气，总想着或许在世界的某个角落，有那么一个人的存在。找呀找的，过尽千帆皆不是，心渐渐地累了，气也渐渐地泄了，不想再和这个世界较劲。

可是她说：有。

说的时候，她眼神坚定，神色坦然，好像她看见了，它就在那里。

我没有说话，转过头看窗外，暮云之上，晚霞无边无际地燃烧，天空艳丽得出奇。要是站在大地上，也许只能看见黑沉沉的乌云，可是，在飞机的高度，在这超越了云彩的高度，我看见了美，跟爱情一样的美。

老钟的瓦子街

老钟平生最自豪的事就是他曾参加过“瓦子街战役”。

老钟是一个普通的庄稼人。童年时期，我们常常围在他的身边，听他讲瓦子街的战斗故事。老钟一讲起故事，就像换了个人，蔫巴的脸上立刻神采飞扬，一只手端个粗瓷老碗，另一只手握住筷子，激动了用筷子敲着炕桌“笃笃笃”地响。在我眼里，瓦子街遥远而神秘，充满了传奇，仿佛是在我们的世界之外。

我做梦也不曾想到，20多年后，我的双脚会实实在在地踏在瓦子街的青石小路上。

五月的瓦子街平和、寂寞，与热闹的世界无关，安静得仿佛能听到树木生长和花朵开放的声音。

四周重峦叠翠的山峰像母亲温柔的臂膀，将它拥于幽深的山谷间。明净的蓝天之下是一望无际的山林，葱茏茂密。正午的阳光下春松华茂、白桦挺秀，淡紫色的丁香花和雪白的杜梨花一团团夹杂于浅碧深绿中。不知什么地方传来布谷鸟悠远的啼鸣，里面有一种闲散的、无处着落的忧郁。

其实，瓦子街只是陕北高原上的一个普通小镇，平凡得犹如高原上随处生长的杜梨树。但是，早在我的童年，在千里之外的弱水河边，我就知道它的存在。“瓦子街战役”是老钟的故事里永恒的主题。老钟曾参加过西北野战军，老钟说他常常梦见彭老总给他们训话，梦见还在瓦子街的战壕里打仗。他老婆说他把魂丢在了瓦子街。

半个世纪前，也就是 1947 年，老钟就当了兵。那时他还是个后生。我主观臆断地认为，他当兵只是为了有口饭吃。尽管电影、电视上都那么演，说广大翻了身的农民要保卫胜利果实，但老钟和人家不同，他没有什么“果实”可保护。家里大人们说，那时，老钟穷得就差当掉裤子了，同龄的后生们都有两三个娃娃了，他还是个光棍。

了无牵挂的老钟参加了彭德怀的西北野战军。次年 2 月，他所在的部队奉命南下，要和胡宗南打仗。这一仗是平凡了一生的老钟最值得骄傲的事。许多年以后，他坐在自家或别人家的炕上，一次次描述那次难忘的战事，讲到激动处，胳膊一扬一扬的，好像战场上打马扬鞭的将军。

直到现在，我还记得那些故事的碎片：

“我们部队接到命令后，急行军一天一夜走了 140 里路，走着走着人就睡着了，一边走路，一边睡觉……

“到了瓦子街后，先头部队已经和刘戡打起来了，那仗打得呀，炮弹把瓦子街方圆几里的地皮都给翻了一遍，全是红色的焦土。瓦子街前面的那条河里，河水都成了红色……

“有一天，我们正埋伏在战壕里，忽然一颗炮弹从天而降，我急忙往旁边一滚，‘轰’的一声就给炸晕了过去，清醒后，看看旁边一个深坑，战友不见了。抬头一看，树梢上挂满了许多布条条……”

瓦子街战役之后的老钟听力严重受损，几乎成了个聋人，更要命的是在他晕过去的时候，冲锋号吹响了……

这样，他就掉了队。

关于这一点，老钟没给我们讲过，大人们的闲谈加上我的想象，应该是这样的：当他醒过来的时候，战场上一片狼藉。也许因为对战争的深深恐惧，也许因为难以面对欢呼胜利的战友，几番盘算之后，掉了队的老钟决定回家。于是，他潜入了瓦子街的原始森林里，半路上，又打死了一个准备逃走的国民党的伤兵，并从他身上搜寻到16块银圆，然后，昼伏夜出，一路向北。

三天三夜后，瓦子街战役终于结束了，布满硝烟的天空终于渐渐晴朗，数万年轻的生命永远地留在了那里，化为郁郁苍苍的山林。

而老钟也在此时回到了家乡，从一个士兵又还原为庄稼人。16块银圆帮助他娶了媳妇，从此，一辈子甘心情愿地被拴在土地上。

方圆几十里像他这样掉队回来的人不少，没有人轻视他们。谁说打过仗就是英雄呢？打过仗还是普通人的永远是多数啊！只是，人们为他叹息：吃不了当兵这碗饭，好好的人成了个半聋人。

脱下了军装，老钟就和村里其他人没什么两样了，白天务养地里的庄稼，晚上搂着壮实的老婆。闲来无事唱唱“酸曲”，里面的内容酸掉牙，害他常常挨女人们的笑骂。

再精彩的故事都应该有落幕的时候，可老钟不懂这个。有一次，他又开始讲故事，有个人实在不耐烦，便打断他：“人家当兵回来，公家还养活呢！咋不见公家给你一毛钱？”老钟立刻哑了。

我也好奇地问过家里的大人，大人们淡淡地说，刚开始他也找过公家，没顶事。人家说他是逃兵。又说，世上受委屈的多了，老钟的事算个啥……

后来听说，直到他死去的前几天，他说他还想到瓦子街转转，儿子没有答应，说路太远……

五月的阳光下，我站在瓦子街高高的山岗上，头顶的太阳照彻大地，瓦子街上的战争纪念碑灼灼耀眼。那场让老钟魂牵梦萦的战争再也看不到一丝一毫的痕迹了，一切荣光与悲伤都被时光掩藏于历史的深处……

天上吹来的微风拂过山林，一片呼啸，仿佛战场上的呐喊。蓊蓊郁郁的次生林中，杠木的枝叶青翠逼人，大叶杨的叶子在风里翻出银白色的背面，像海洋中的粼粼波光，而蓬头柳总是那么旺相，一蓬一蓬，密匝匝，厚墩墩。如果没有纪念碑的存在，谁也无法将战争与这样一个宁静的小镇联系起来。关于“瓦子街战役”，历史是这样记载的：1948 年 1 月，西北野战军在米脂杨家沟召开会议，决定采取“围城打援”战术，首战宜川，大量歼灭国民党部队有生力量。随即，彭德怀挥师南下，直扑黄龙山区，迅速包围宜川。敌师告急求援，胡宗南命国民党整编第二十九军军长刘戡增援。刘戡率所部第二十七师、第九十师，由黄陵、洛川出发增援宜川。彭德怀在瓦子街以东宜洛公路两侧，集中了野战军 9 个旅，设下埋伏圈。从 2 月 28 日战斗打响到 3 月 1 日下午 5 时战斗胜利结束，共俘敌 1.8 万人，歼灭 5000 余人，敌中将军长刘戡自戕。这次战役首创了人民解放军一战全歼一个整编军的辉煌战绩。

在这个宏大的历史事件中，老钟只是一个微不足道的参与者，他的存在就像微风吹过水面。可是，只要亲历战争，人的心灵就永远难以平静。

我想，如果人有灵魂，老钟死后一定会来到这里，和他死去的战友们做伴。因此，我把脚步尽量放轻，轻轻地，轻轻地，生怕一不小心踩疼亡灵们的心脏。

第四辑　将进酒

将进酒

一

洞藏幽暗，酒海杳深，原浆酒储存在岁月里寂寞等待，重楼严锁的佳人待字闺中。

举木勺舀入，感觉酒液似乎有种张力，抗拒侵入，须加点力气在手臂上。木勺潜入酒海深处，涟漪骤起，恰似大水走秋风。

将酒倒入一浅盏，小心翼翼捧在掌上，一股醇厚之气扑面而来，轻啜一口，一匹丝绸滑过咽喉，一线热流冲进腔子，倏然半途消弭，不见踪影。舌尖味蕾全部舒张，捕捉那气息，似乎千百种味道在里面，丰满、厚重、华美，在齿颊间回荡。一时间找不到一个匹配的词对应这种感觉，便只是赞叹道：香。

还想说，却无语。那么多的词汇知道不能胜任，纷纷隐身。其实，香是不能描述这种感觉的。“香”字太单纯，解释不了内里的厚沉，积贮了整个夏天的阳光雨露，似一部经典著作般的厚重，每一个字、每一句话都值得咂摸半晌，与自己的心率产生共振。“香”字太张扬，像一个爱显摆的人，有点什么好处恨不得让人都知道，希望引来别人羡慕。而酒却是分外内敛含蓄，像一块美玉将体内的光芒隐藏起来，只将温润谦和示人。“香”字太跳荡，几乎还有些轻佻，不能隐喻那种暗藏的奢华。我忽然一下子明白，古代祭祀天地、封禅大典，今天婚丧嫁娶、接风洗尘为什么要饮酒。酒表达的是最诚挚的敬意、最虔诚的爱。

就像我们对很多事情的命名一样，张冠李戴，以讹传讹。世界上没有一个词能准确无误地描绘酒的味道。只能说，酒是味道之上的味道。

不料，脚底却有些发飘，似乎踩在棉花上，没有了定力，把持不住方向。令人愉悦的晕眩，脉管里的血液似乎在呼啸，有想唱歌的欲望。眼前的一切并不那么真实，真实的是那些储存在记忆里的酒。

原来，岁月中所经历的一切悲苦，都被时间发酵成了酒，细细品味，竟也如同酒一般甘醇芳香。

摸一摸那陈年的酒海，辨认出是红柳编成的骨，里里外外用细泥抹了几层。据说做酒海是有讲究的，红胶泥和着猪血，再放了陕北人糊窗户用的麻纸、鸡蛋清细心搅拌均匀，再往红柳上抹好几层，这样才能抵挡得住时间。如今，用手轻轻一摸，细细的土屑纷纷落下，一股微微的土腥充满鼻腔，还有沉淀在岁月里的酒香。哪怕再结实的东西，还是抗不过岁月啊。

二

酒不是粮食。粮食也不是酒。二者之间有一道天堑，然而，粮食确实是酒的前世，或者说酒是粮食的今生。

我想象着粮食，最好是高粱，我喜欢的一种植物，浑圆朴实，最有土地的气息。

秋天，湛蓝的天空下，高粱长成了，高高的个子，摇曳在一望无垠的田野。它们成熟饱满，吸纳了阳光和大地的滋养。每一粒籽实充满了力量，迫不及待地从谷壳里蹦跳而出。从今天开始，它们独立了，作为高粱，每一粒都有自己的前途和方向。

可以选择的道路很多：譬如，作为种子，期待来年的另一场丰收；或者粗陶碗里的农家饭，被黝黑的大手捧着，作为一顿普通的晌午饭；又或一盏细瓷杯子的酒，在某个喜庆的宴会上，被人恭恭敬敬地端着，献给尊敬的人。

正如每一个人所必经的选择那样，里面充满了犹疑、徘徊和不确定性。当然，大多数高粱会成为农家炕桌上的一顿饭，简单扎实，一帆风顺地完成了作为庄稼的使命。

没有错的，粮食的命运轨迹自古以来就是这样的。

然而，在一个群体中，总有一些不肯走寻常路的家伙。因为颗粒饱满、品质优良，它们注定要成为酒，以物质的形式参与人的精神世界。

从前，酿酒是纯手工活，人的肌体和酒亲密接触，人的灵气也自然而然地渗入了其中，比如一只灵巧的手把原料抓在手里，轻轻揉搓。在指尖的起落间，酒与人便产生了交流，人的汗液、心情融入其中，甚至秋日的阳光，田野的一场风，农家小院的忙乱都会进入酒，成为一种味道。

在一次次的筛选剔除中，杂质渐渐减少，剩下的籽实如同那些酒坊里的精壮汉子，粒粒紫中透亮，辉映着喜庆的微光。

饱满、结实的粮食在碾盘上跳荡，蹦蹦跳跳的青春一望而去的是锦绣前程，红地毯铺在地上，一步一步走上去，轻盈曼妙，无数羡慕的眼光，照相机咔咔作响，前程似锦啊，前程似锦！满心满意的骄傲和喜悦。等在前方的是鲜花着锦，烈火烹油，还有什么比这个更美的呢？选择了这条路，是多么幸运啊！

忽然，一只巨大的石碾压过来，瞬间，痛楚周身弥漫，想不到在锦绣前程中还要经受这般煎熬。高粱和大麦、小麦、豌豆、大米种种粮食被掺杂在一起，大地像陶轮一样翻转。在粉身碎骨的劫难里，彼此进入，难以分开，你中有我，我中有你，各自的独立名号也将被撤销。现在，它们只是一堆造酒的原料，灰头土脸地胶着在一起，名叫酒醅。不管彼此喜欢还是嫌恶，都要天天黏在一起，就像陕北人说的，一个锅里搅稠稀，再也无法分开了。

三

闷热的酿酒坊，阳光从高处的小窗子透过来，形成一个个细长的光柱，打在十几个精壮汉子的肩背上，汗水流成了细细的溪流，随着劳作的节奏，在阳光里一闪一闪的。汉子们挥舞铁锨奋力搅拌，肩臂上的肌肉隆起像一座小山似的，长期在酒坊间劳作的人都练就了好膂力，一只手可以举起一只碌碡。酒曲还有麸皮或者稻壳搅拌其间，尽力搅匀，不留一点疙瘩。然后，挥舞的铁锨将其铲入一个个一人多深的窖内。在窖内，将要进行的事情是“酝酿”。

请注意“酝酿”一词，《现代汉语词典》的解释是：“造酒的发酵过程。比喻做准备工作。”这个词和人类造酒的历史一样漫长。几千年过去了，它渐渐从酒坊里的俚语变成了典雅的文言，存在于典籍里面。不过，在陕北，今天即使是目不识丁的山里老农也会使用，把它作为日常口语。一大家子凑在一块商量族中大事，几个旱烟锅一明一灭，大家默默无语，主事人催促，老大，你先说。老大嘴里噙着烟嘴，慢悠悠道：甭急，酝酿酝酿。足足一袋烟工夫，肚子里酝酿成了，才慢慢开口，当然，一开口，话就有了分量，不能落到地上。

酒的酝酿其实很讲究，要有好窖泥。据说，窖泥是酿酒的关键。好的窖泥原料来自水田里的淤泥，把淤泥从水田里取出，加上苹果、梨子等反复拌合，使它们的清香糅和在泥里面。当酒醅进入窖内，浮面要盖一层厚厚的散发着臭气的窖泥。

那些曾经在阳光下生长的粮食是怎么都不会想到会有如此境遇的，如此不堪，窖泥劈头盖脸盖住了最后的光线。难道一生就要这样度过吗？

等待。唯一可做的事情便是等待。

在等待中，酒醅渐渐发生了变化，那些原本毫无干系的东西，试图沟通、融合。窖泥中那些不可捉摸的气息渗入了酒醅，这不是简单的叠加，而是一种神秘的转换。没有谁能说清楚那里发生了什么，一种新的滋味便诞生了。很多事情就是这样，不能用常识去解释。

四

在一只巨型蒸屉里，粮食将要脱胎换骨。

酿酒的汉子运足气力，挥舞木锨将酒醅铲入大蒸锅，就像命运之神拨弄众生一样，随意，自然，不假思索。

甑片之下是来自远山的泉水，只是一顿饭工夫，安静清冽的泉水咆哮起来，掀起湍急的白浪，似千百头雪狮子奋鬣扬鬃，一切狰狞可怖，恍惚地狱一般。谁能想到，在历练成酒的路上，竟这般艰难，只好闭上眼睛听天由命。热汗源源不断流出、流出、流出，蒸腾的白气随着一只细小的管道渐渐凝结成流质，一只大木桶等在这里，它将迎接酒的诞生。

一盏细瓷酒杯，或者一只粗瓷大碗，还未沾唇，那味道像一支先锋队，抢先攻占鼻腔，急、烈、冲，把所有的味道都压下去，就像杨玉环回眸一笑，令六宫粉黛花容失色。太鲜丽，太炫目，夺人眼球，存在感太强。一时，竟有千百种感觉，秋日爽朗的高原，湛蓝天空下劳作的身影，扶犁黑手上毕露的青筋，打谷场上，连枷声声，山鸣谷应。

现在，一抔粮食变成了一滴酒，就像唐三藏西天取经，终于修成正果。再也不是单纯的果腹之物，它化蛹为蝶，蝶变而仙，直接进入了人的精神世界。所谓酒后吐真言，酒是打开人内心的一把密钥。

然而，历练还没有结束。正如一把宝剑要经历淬火才能削铁如泥，吹发即断。酒还要放入酒窖洞藏，一个远离了喧嚣、热闹的所在，地穴一般暗无天日，与阳世毫无瓜葛，或者被世界遗忘。在漫长的日子里，在漆黑的酒海中，渐渐醇化。把张牙舞爪的个性折回去，藏起来。把血气方刚的赳赳武夫，磨砺成儒雅敦厚的白衣秀士。将直露浅白的脾气隐藏起来，将张扬刚烈修剪平整，学会从容不迫、隐忍柔韧。所谓谦谦君子，温润如玉。

酒在舌尖上缠绕，醇厚纯粹，意味深长，似千言万语却不知从何说起。暗合一个人在夜静时分，打开内心宝藏，摩挲那些只属于自己的东西，肚子里的酸甜苦辣镌刻在心灵深处，回味久远。所有过去的日子，只是一个字：香。苦也罢，甜也罢，都被记忆收藏，在岁月深处闪着幽暗的光。爱生命，爱命运，不管给予自己的是什么。

大唐的月色

站在大雁塔旁边，仰头看见月亮浮在苍穹，似一片薄薄欲化的冰。浓重的夜色，月光洒在那些仿唐建筑飞翘的檐头，黢黑的剪影，渗透了难以言传的寒意，透心之寒。

这样的月光，使人怀想那些逝去的、被岁月一并收回的繁华与梦想。

这是大唐的月色，这也是古城长安的月色。1000 年前，这一轮明月下，李白月下畅饮，锦绣文章脱口而出。这个天才的诗人，碰巧遇见的是大唐盛世，这是多么罕见的幸运！然而，伟大的时代却容不下一个同样伟大的诗人，这又是怎样的遗憾！是偶然还是命定？如今，诗人李白乘风而去，和历史融为一体，变成了大唐夜空一颗灿烂的恒星。

在中国古典文学中，我喜欢唐诗。在唐诗中，我喜欢李白。在银白的清辉下，我看见李白仗剑起舞，举杯邀月。那时，他是多么年轻、健壮，像一只渴望高高飞翔的雏鹰，眼睛眺望着辽阔的世界。长江水汩汩东流，他顺江出川，胸中的诗篇也像长江一样汩汩滔滔。外面的精彩世界张开怀抱，迎接这个旷世奇才降临。那时，他正值人生最好的年华，在最好的年华做最想做的事情，世上还有什么比这更美好呢？

那是一个怎样的生气勃勃的时代啊，20岁的李白和所有读书人一样，渴望有朝一日荣登天子宝殿，将胸中才气报与帝王，光耀门楣，荣华富贵，是何等称心畅意！

于是，在畅游名山大川之后，他来到长安。先于他到来的是他的诗篇和名气。很快，在上流社会，他成了场面上的贵客，人们以见到诗人为荣，男人们谈论着他超凡绝尘的才气，女人们品评他“双眸光照人”卓尔不群的气度。而皇帝的御妹玉真公主已经迫不及待地向玄宗皇帝推荐了这个来自蜀中的奇才。挥洒之间，一首首诗歌从他的笔底腕下流出，墨迹未干便被人们抢去争相传阅。诗人呵呵笑着，颜面酡红，在美酒的醇厚里和羡慕的眼光里醉倒。他的不羁与诗名果然惊动了皇帝，不久，玄宗召见李白进宫。这是天大的喜事，李白预感到他将在长安实现胸中梦想。在他的人生设计中，治国平天下才是大丈夫本应做的事情。是的，自古以来皆如此。哪个胸怀抱负的男子不是渴望这个呢？至于写诗嘛，是余情，是消遣。

古代的知识分子似乎有种共识，舞文弄墨不是大丈夫主营之事，冬烘和腐儒才整天搜肠刮肚、咬文嚼字。汉代班固投笔从戎，北击匈奴是何等扬眉吐气！他豪迈地说：“大丈夫无他志略，犹当效傅介子、张骞立功异域，以取封侯，安能久事笔砚间乎？”多么称心畅意！是的，男子汉就应当追求显身扬名、青史不朽。总之，在无数次的揣测里，他判断，皇帝的召见，一定是从诗篇中看到了自己远大的报国志向，“愿将腰下剑，直为斩楼兰”，畅快！真是畅快！

此时的玄宗已经安享多年清福，政事一并交给李林甫、杨国忠，身边是美女杨贵妃，而李白的到来无疑又给宫廷里的夜夜欢歌增添了新的内容。

在一场场夜宴里，一次次出游中，他追随肥马轻尘，殷勤献上锦绣诗篇。在皇上和身边贵族的点头称赏中，他似乎得到了一种浅浅的满足。在杨贵妃一曲霓裳羽衣舞之后，他疾笔写下：“云想衣裳花想容，春风拂槛露华浓。若非群玉山头见，会向瑶台月下逢。”玄宗很是满意，白胡子的老皇帝看看身边的美人，微微笑着，点头称许：“不错，不愧诗仙名号，赏！”

世上有多少人渴望皇上的青睐，一句话可以改变一个人的命运，朝为田舍郎，暮登天子堂。可是，李白偏偏要的不是这些。他不满足于一个弄臣，一个供皇帝开心的清客身份。

李白的一次大醉被很多人传为佳话，它被传说成玄宗爱才的一个典故。据说，李白喝醉了，诗兴大发，被人扶至案头，杨贵妃为之磨墨，高力士为之脱靴。玄宗全然不计较他的放肆，依旧兴致勃勃赏读诗作。真是宽宏大量至极！后人看到这件事情大多感慨的是这一点。这个典故让人想起弥子瑕。据说，卫灵公时期，弥子瑕得宠，有一天，他和卫灵公在果园游览，吃桃子觉得甜，没有吃完，就把剩下的半个给卫灵公吃。后者说：“多么爱我啊！不顾自己口味来给我吃。”等到弥子瑕色衰爱弛时，有一次得罪了卫灵公，这时的话完全变了：“可恶！曾经把吃剩的桃子给我吃，去死吧！”于是弥子瑕被处死。

所不同的是，弥子瑕自甘居于一个宠物地位，而李白满腔建功立业之志。当然，李白不会因为玄宗的一时“恩重”而感激得涕泪横流。相反，他厌倦了这种作为附属品的生活。

其实，那段贵妃捧砚、力士脱靴的佳话，正如一枚硬币的正反面，人们只看到了光鲜的一面，而另一面却早早地为李白一生的坎坷埋下了伏笔。在得到皇帝赞赏的同时，他也收获了妒恨、中伤。高力士因为当众为李白脱靴，深感耻辱，于是向杨贵妃诽谤说，李白借赵飞燕讽刺她不正当的男女关系。诽谤的传播效应，只能是一级一级放大，最后传到玄宗耳朵里，使他立刻打消了给李白一个官当当的念头，而嫌恶之心立增。

不欢而散的结局是注定的。

文人和权力的关系往往如此，最初一见钟情，终了南辕北辙，不被杀头算是幸运。

就这样，中国历史上最为繁华开放的大唐却视同样伟大的诗人为身上的癣疖，恨不能一除为快。李白不得不开始了自己的另一次漫游生活……

很多人感叹李白不会邀宠，我想，如果李白会这样做，那么历史上顶多增添一个小丑一般的弄臣，而缺少的又岂止是那些读之令人惊叹的诗篇，应该说会缺少一种迥乎出尘的风骨气度，缺少另外一种人生的可能性，缺少独立于时间之外的永恒。

不论事后诸葛亮们的假设多么完美，事情的走向总是在人们的意料之外。

正因为如此，李白才终于成为他自己。

失意对一个伟大的灵魂来说好比催化剂，正是在失意和排挤中，在荆棘一般的生存环境里，在与周遭世界难以握手言和的际遇下，才锻造和成就了那些伟岸的灵魂。

历史上和李白的际遇很相似的文人还有很多，上至屈原、贾谊，下至纪昀、解缙。他们和权力的关系也大抵相近。据说，李白初见玄宗皇帝时，后者急急下了龙辇步行前往迎接，还亲自为诗人舀羹，恩宠不谓不厚。然而文人和权力有如一对捆绑夫妻，关系注定是好不了的。要么前者纯粹脱胎换骨变成政客，以政客的方式立身处世，要么保持文人的姿态，和权力拉开一个令彼此感到舒服的距离。总之，这一对夫妻是无法相爱的。

今夜的月色和大唐的月色一样迷离，不同的是月光遍照下的长安早已不是从前的模样，在岁月的更迭、光阴的流转中，剩下的只有渗透在岁月边缘的诗歌的沁香，而李白早已乘风远去。

完美的背后

李隆基和杨玉环，这一对著名恋人的爱情故事，几乎是完美爱情的典范。一个是位尊九五的帝王，一个是花容月貌的佳人；一个精通音律，被后世尊为梨园之祖，一个擅长舞蹈，一曲《霓裳羽衣舞》艳惊四座；他们集权力、财富、美貌、魅力、才华于一身，堪称珠联璧合的完美伉俪。

经过诗人白居易的精心雕琢，一曲爱情挽歌《长恨歌》横空出世。经过他的生花妙笔，李隆基和杨玉环变成了爱情的标本，犹如蝴蝶的标本一样，剔除多余、干净爽利地放置于真空的玻璃匣内，供人歆慕。“七月七日长生殿，夜半无人私语时。在天愿作比翼鸟，在地愿为连理枝。”李杨二人的誓言已成为千百年来无数恋人的公共话语。

作为皇帝，李隆基对杨玉环的宠爱实为罕见，有一个很有名的典故：杨玉环很喜欢吃荔枝，李隆基就专门派人从四川到长安星夜火速传递，驿马日夜兼程，风雨无阻，引来了无数好奇与猜测的目光：“莫非大唐有什么紧急军情？”闹了半天是荔枝惹的祸。诗人杜牧作诗讽刺：“一骑红尘妃子笑，无人知是荔枝来。”从这一件小事中不难看出皇帝的爱情成本很高，小小荔枝就要无数人付出血汗甚至生命。更有人说，这件事早早预示了大唐必将走向衰亡。看来，皇帝的爱情与政治是无法分开的了。

而当我们看到李隆基专门为杨玉环量身定做的“芙蓉汤”时，“三千宠爱在一身”是何等的荣耀，则丝毫不难想象。据史料上说，“芙蓉汤”的四周以蓝田出产的一种名贵的粉红色“芙蓉玉”砌墙（因为杨玉环小名为芙蓉），仅此一项，昔日的奢华可见一斑。正是在这里，才有了“温泉水滑洗凝脂，侍儿扶起娇无力”这样香艳的情节。

在这里，我们看到了李隆基对杨玉环的万般钟爱，一个女子能得到如此隆重的眷顾，难道他们的爱情还需要质疑吗？

但是，事情并不是我们想象的那样，即使在李杨这场华丽的爱情故事中，我们仍然能看到很多杂质。这些杂质几乎使大唐江山易手。

在李杨 11 年的共同生活里，李隆基并不只钟情于杨玉环一人。期间，他与江采萍、侍女念奴以及杨玉环的胞妹虢国夫人都产生过恋情，后三者都是当时的“名女人”。江采萍会写诗，有“才女”之称。念奴是一位歌唱家，后来的词牌名《念奴娇》就是因她而命名。至于虢国夫人，应该说她是一个另类，非常有个性，朝见天子也不化妆，所谓“却嫌脂粉污颜色，淡扫蛾眉朝至尊”，可见其漂亮自信。

而杨玉环这个享乐主义者，敢于将一切拿来享乐。她与安禄山的瓜葛为大唐埋下了一颗定时炸弹。

外表愚鲁、内心狡猾的安禄山正是通过她获取了李隆基的信任。

据说安禄山第一次进宫谒见，只拜杨玉环而不拜李隆基，别人责问他，他说：“我是个胡人。我们只知道有母亲，不知道有父亲。”一席话惹得贵妃大笑：这个来自荒寒之地的野蛮人太好玩了，那么憨厚，那么愚昧。当他跳起胡旋舞时，那肚皮垂膝的样子也显得那么好笑，他哪里像个堂堂的节度使啊，简直是个丑角，一块笑料。而安禄山也竭力把自己伪装成一个小丑，甚至赤身裹黄绸装作婴儿睡进摇篮车里，被杨玉环当作干儿子四处招摇玩乐，以此博得她的欢心，然后曲径通幽，通过她又获得了李隆基的信任。

大臣中有人议论说安禄山谋反，李隆基听了不以为然。他认为，一个供人玩笑的丑角怎会有那么大的胆子呢？何况他看上去又那么傻里傻气，没一点城府。

公元755年，一向海晏河清的大唐突然风云变色，胡人安禄山的铁骑踏破洛阳，一路杀来。李隆基这才看清，原来他豢养了一只恶狼！无奈匆匆踏上逃亡之路，一行人慌不择路，饥不择食。不料，噩梦仍在继续，马嵬坡下，六军哗变，愤怒的军士们要求处死杨玉环。在他们的眼里，杨玉环不过是妲己之于商纣王，褒姒之于周幽王。这时，李隆基才意识到大唐已病入膏肓，真是处处风波处处愁！

国家危亡之际，揪出来的祸根总是女人，就这样，杨玉环为她11年的爱情付出了生命的代价。李隆基也同样付出了代价，大权旁落，孤馆寒窗了此一生……

千百年来，李杨的爱情活在诗歌里，活在戏剧里，活在荧屏上。一切看上去很美，美得没有任何败笔，没有任何漏洞。然而，从另一个视角审视，这场完美爱情正如张爱玲所说的那样：“生命是一袭华美的袍，爬满了虱子。”

杜甫的鄜州

陕北是个缺乏书香的地方，迥异于江南。

在江南，很多名胜古迹沉浸在浓郁的书香里，比如岳阳楼、滕王阁、杭州西湖。只要你站在那里，森然强大的气场便会使你明白，为什么江南才子遍地，而陕北多出造反的英雄。

当然，事情总是有例外的。这些例外，使得世界更加有趣和丰富。江南也会有英雄，而陕北，也会皴染几笔书香，为粗粝生涩的朔方添一点秀色。

我说的是富县。

我觉得它的旧称更好听：鄜州。“鄜”这个字是专门为这方水土所造。如今，这个高度约略的时代，一切都被简化，语言学家大概觉得没必要为一个小地方专门造个字，太浪费。于是，鄜州简化为富县。我想，富县人会为这个新名字感到难为情的，典型的名不副实。

沿着葫芦河上溯，是江南水乡般的风景，两岸郁郁葱葱的绿树，似乎把空气都染绿了。伸出手，手是绿的，一笑，牙齿都是绿的。稻田里，嫩绿的秧苗好像被一把梳子梳过，规规矩矩排列成阵。水田里倒映着蓝天白云，一派田园气息。

如果说壶口瀑布代表陕北的豪迈，那么鄜州则象征着陕北的书香。原因是杜甫曾经来过。

羌村，鄜州一个小小的村落，安史之乱期间，杜甫曾经带着一家老小逃难流落至此。宽厚的陕北收留了他们，因为远离繁华，躲过了胡人的刀兵。

“今夜鄜州月，闺中只独看。遥怜小儿女，未解忆长安。香雾云鬟湿，清辉玉臂寒。何时倚虚幌，双照泪痕干。”

当我们翻开唐诗，鄜州的月亮仿佛从那时起，就一直照着，照着破碎的人间，照着思念的妻子，照着远行的丈夫。这片月色充满了深情，千百年来，深深打动着人们的心。今天读来，仍然为之掩卷长思。

关于月亮的诗篇很多。几乎每一个诗人都有自己的月亮。月光下，有人看见家国之痛，有人看见故乡，有人看见爱人。月光是一个人心上最洁白的白，思念是一个人心上最沉重的重。直到今天，陕北人读到这首《月夜》，仍然能够感觉到一种贴肤的亲切，在鄜州，那银色的月光下，陕北铺满了温暖的情意，诗歌的芳香浸润着人们的心灵，仿佛杜甫从未离开。

其实他的生活并没有这么诗意。每次想起杜甫，总觉得从异乡到异乡的奔波中，他始终是拖儿带女，步履沉重，从来没有诗人的洒脱与轻捷。

李白的诗里，今日歌咏燕山雪，明日举杯邀明月，到处有朋友，到处有美酒，到处有宠爱，到处有夸赞。他的感情不会寂寞，他不会为家庭和子女所羁绊。居无定所，萍踪漂泊，才是诗仙的风度。一篇又一篇的诗歌被世人争相传阅，从市井到宫廷都有关于他的传说，他是一个有趣的话题，连皇家也对他充满了兴趣。总之，他卓然出尘，没有丝毫的人间烟火气息。

而在杜甫的诗歌里，总有放不下的人间拖累。在他的很多诗篇里，都有家人的影子：“娇儿不离膝，畏我复却去”“平生所娇儿，颜色白胜雪”“却看妻子愁何在，漫卷诗书喜欲狂”“烽火连三月，家书抵万金”。

家人是他甜蜜的负担。曾经有禅师劝其遁入空门，而他在一首诗中给出了明确的答复：参禅悟法之后，自己钟爱的诗歌可以放下，不再吟咏；一生嗜好的酒也可以放弃，不再贪杯。但是，割舍妻子儿女，却是不可能的。

就这样，他在拖儿带女的生活里，劳累并享受着。

拖累，会让有的人陷入生活的泥淖，逐渐被淹没。可是，他的诗歌恰似从泥淖中开出的莲花，饱满生动，即使隔了1000多年，仍然能闻到诗歌中的香气，那是人间欢乐的情味。

安史之乱爆发后，杜甫觉得，危难时刻理应报效朝廷。兼济天下，是他自小的志向。作为一个儒家知识分子，这是内心的自觉，也是必然的选择。于是，将家人安顿在鄜州的羌村之后，他便北上效忠皇上。

可是，事实远不是他想象中的那样。他在朝廷里虽然谋得一个八品小官，但很快就遇到了麻烦。因救援房琯，他与皇上的意见发生龃龉，又不懂得圆融通达，乖巧地转弯，结果遭到了皇上的讨厌。他是那种笨拙的人，在和这个世界的周旋中，左右都不逢源。无奈，被人家打发出来，只好灰溜溜回家。

为了当官，杜甫曾蜗居长安，多次向皇帝献赋，为贵人写诗。这个官来得不容易，可是，很快就丢了。10年所花费的心思顿时归零。事实上，那些归隐山水的，哪个不曾在名利场中红头热眼地搏过？比如王维、陆龟蒙等，只是没有赢。杜甫也是一个输家。

那么，只有回家。只有家人是不会厌弃失败者的。回家的路途遥远，他向别人借马，人家不给，只好步行。靠着双脚的丈量，一步步从长安向北，走了好长时间才回来。甫一见面，家人惊怪：你怎么还活着？乱世的重逢让人有一种荒诞感，原以为他已经死了。

虽然在陕北居住时间并不长，仅仅一个月，可是，自从他的双脚踏入陕北，很多事情便有了变化。在羌村，他写下著名的《羌村三首》，自此，陕北便与诗人有了某种关联，不再与诗歌绝缘。直到今天，陕北人提起杜甫仍觉得亲切，因为他来过，他写过。这里有他的呼吸，他的脚印。延安的杜甫川因他而命名。每次路过，我就觉得他还在那里，1000年前的雨还下着，他还在那个石崖下避雨。

从对长安繁华世界的热望追逐，到成都浣花溪旁的寄情山水。他似乎一步一步向后退，退至自己的家里，退至自己的内心。既然兼济天下的梦想难以实现，写诗就成了安顿内心的方式。杜甫有诗：语不惊人死不休。在我看来，苦吟的背后是快乐，写诗的快乐隐藏在艰难里面。失意漂泊的一生，是诗歌照亮了他，满足了他，也快乐了他。

每次翻阅杜甫的诗卷，总能体味到他的真挚，柔软的心肠使他不仅关注家人、朋友，更关注天下苍生，为他者的痛苦而痛苦，仿佛天下的苦痛都与他有关。而那些诗歌，读来令人眼眶发热，喉头发紧。1000多年的大浪淘沙，这个养不活儿女，仕途上处处碰壁的人，他的名字却留下来了，成为历史的天空里一颗恒星。

小小的羌村，因了杜甫的《羌村三首》，它的名字便镶嵌在唐诗里，成为一个诗意的村庄，一个坚硬的存在。每年，总会有一些人，来到这里，追寻他的踪迹，追寻诗人撒播的遗香。而陕北，也因为他，散发着岁月之后的书香。

张载的陕北

陈忠实的去世，让《白鹿原》再度被追捧，重读这部经典，我发觉关中学派的大儒朱先生才是小说中的灵魂人物，他是传统文化的隐喻，无所在而无所不在。白鹿原上发生的一切似乎与他没有关系，然而一切都与他有关。他的遭际就像一面镜子，倒映着传统文化在一个乱世的命运。

如果说朱先生是关中学派的传承者，那么张载则是其开山鼻祖。作为哲学家，张载属于小众，很多人不知道。但是，对陕北地域文化略有研究的人都知道他的存在。因为他曾经来过陕北，在1000年前的北宋。

一直毫无原因地喜欢北宋，如果可以选择，我愿意穿越到北宋。为《清明上河图》里那份繁华与富裕，还有微微的“乱”。不是天下大乱，只是微微的、适度的一种“乱”，乱中含有自由的意思，人可以有很多选择，不必整齐划一。

很多时候，过于整齐划一的价值取向令人窒息。如果人可以自由地选择生活方式乃至生命方式，也许幸福就会在不经意间降临人间。参差多态，乃是幸福本源。北宋的读书人似乎活得很滋润，想考取功名，当个官也可以。不想官场混的，埋头做学问也可以，比如张载，回乡半耕半读，成为一代大学问家。最不济的，优游人间，像柳永那样的状态也不错，号称白衣卿相，烟花巷里的锦绣文章照样可以传世。

经济的繁华与选择的自由，使得这个时代人才辈出，张载便是其一。

张载来过陕北，他曾经担任云岩的县令，时间虽然不长，但对陕北的影响却格外深刻。在对陕北人民的教化中，他将文明之种播撒于黄河岸边，并使其得以根植与滋长。

今天的云岩只是宜川县的一个小乡镇，破旧的房舍，稀少的路人，毫不起眼。路过几次，无端觉得这个名字好听，有一种古意，与陕北众多略显简陋的地名相比，似乎多了几分文雅与灵秀，让人无端地联想到“云无心以出岫”的诗句。

同在黄河岸边，云岩无法与壶口瀑布相比。壶口是黄河的一段华彩乐章，风头盖住了云岩，甚至盖住了整个陕北。而云岩那么寂寞，那么偏远。远方的人，驱车千里看壶口，而对路边的云岩小镇，恐怕连看一眼的兴趣也没有。昔日文明昌盛之地，今天已经淡出了众人的视线。

虽然陕北有民歌、剪纸、腰鼓等艺术存在，可是，你得承认，其文化底蕴还是浇薄了一些。陕北人说，这得怪孔子，当年圣人布道，此处偏遗漏。不知是偷懒还是忘了，或者，容我私心忖度，也许瞧不起。

不过，还好，我们有张载。

我曾经在西湖边遇见张载。万松书院里，祝英台与梁山伯是永恒爱情的象征，自然万人瞩目，情侣们争相与之拍照留念。从古到今，各种艺术手法反复演绎着他们的故事，即便在陕北，也有瞽目的说书艺人弹着三弦，走村串户地传唱，引得无数人为别人的爱情流自己的眼泪。而万松书院两旁历代大儒先贤的雕塑前鲜有人驻足，有很多名字，那么生涩、拗口，不为人知。关学大儒张载也在那儿寂寞地立着。

也许哲学远在生活之上，属于无用之用。于是，1000年来，张载被高高搁置起来，尘封于历史发黄的书卷里。这一切让人感慨，做学问真是寂寞，生前寂寞，生后寂寞。

后来，我又去他的家乡眉县探访。在那里，我才知道那句气象夺人的“为天地立心，为生民立命，为往圣继绝学，为万世开太平”的话原来出自张载口中。

知识分子何为？很多人试图回答，我觉得张载的回答最具有中国风格、中国气象，从根本上回答了知识分子是做什么的。

实际上，张载也是这样做的。在陕北，他致力于将儒家的主张与解决民生紧密连接在一起，一些做法直到今天仍然具有鲜活的生命力。比如，他注意听取民间的声音，每月初一必召集乡里老人到县衙聚会；常设酒食款待，席间询问民间疾苦，某项政策有什么不合适，立刻就能得到反馈的信息，从而修改。我觉得，这简直是最早的政治协商制度。密切联系群众，应该是由他首创。直到今天，这些做法仍然具有强大的生命力。比如，县衙发出的告示，他每次都召集有威望的乡贤达人，反复叮咛解释，让他们充分理解政策并转告乡民。他智慧地用社会贤达力量管理民间秩序，避免了官府手伸得太长、管得太多而出力不讨好的尴尬，也减少了官府的运行成本，同时，留出足够的空间，让乡民自治能力得到充分发挥，将细碎繁多的民间矛盾及早化解。这些政治智慧今天看来仍然具有极强的现实借鉴意义。陕北先民幸运地接受了儒家文化的熏陶，于是，崇尚礼仪，有了文明教化；尊师重教，有了耕读传家。

今天的宜川一带，婚丧嫁娶施行的还是他设计的那套“夫子礼”。在烦琐的规程里，融入了儒家的教化之功，有了公序良俗，有了文雅礼道，真正将学问用于实际，将人们的生活安排得井井有条，也将人们的内心打理得妥妥帖帖。学问，在这里不再是冷冰冰的书本，而是沾着新鲜的露珠，散发着热腾腾的生活气息。有温度的学问就是活的学问。

我曾多次翻开关于张载的文字，想象他这个人，甚至觉得他也不像一个做学问的人，他本质上是一个热血青年。他 21 岁那年，正是宋夏对峙期间，边地延安经常打仗，老百姓颠沛流离。宋朝的软弱退缩让他怒发冲冠，投笔从戎，一个人步行到延安，拜见了戍边将领范仲淹，要求当兵打仗保家卫国。亏了范仲淹慧眼识人，觉得张载参军无非军营里多了一个小卒，而少了一个做学问的人，就劝他回家做学问。这样，才使得历史上多了一个哲学家，少了一个武将军。

张载先后三次出仕，均不顺利，之后回家种地，闲暇之余写写文章，做做学问。因为他的这种生活方式，后世才有了“耕读人家”一说。

我觉得，这是一个人最好的生命方式。

在陕北，张载的横渠遗风影响深远，因为他的存在，陕北浸润着儒家文化的雨露。今天，我们明显地感觉到，尤其是宜川一带人的行事风格似乎与陕北地域的很多地方不同，少了粗豪，多了温雅。几个宜川人在一起，便会形成一个气场，不张扬，不浓烈，笑容斯文，语气柔和。

教育更是宜川人的骄傲。一个经济并不发达的小城，教育却办得有声有色，每年考入重点大学的不在少数，引得周边地区的家长们纷纷将孩子送来就读。本地人尊师重教，学风浓厚。宜川人羡慕别人有文化，家里的孩子念书争气，考了好大学，却很少心红眼热谁家挣了几套楼房，谁家出了个有钱人。

有句话说：历史是由人民书写的。有很多时候，历史是由某一个人书写的，一个地域也可能因一个人而发生根本的扭转。

陕北遇见了张载，是幸运的。

沈括的石油

你知道吗？中国的石油，最早发现于陕北。

这是一个秘密，隐藏在历史的深处。很多人睁大了眼睛，充满了疑问：陕北，应该是民歌的陕北，剪纸的陕北，或者是闹革命的陕北，怎么能和石油工业扯上关系呢？

2000年前，历史学家班固的《汉书·地理志》中记载“上郡高奴县有洧水，肥可燃”。高奴县就是今延安一带，肥就是石油。

那时候，石油还没有今天这般昂贵的身价，伴随着河水，默默流淌，没有人把它当宝贝。就是河边汲水的村姑也会厌嫌地躲避，怕弄脏了花鞋子。那黑乎乎的物质，难闻、难看，几乎无用。顶多用来点点灯，可是烟气太大，一阵子烟熏火燎，人是黑鼻孔，屋是黑墙壁。算不得好灯油。几乎就是废物。

在亿万年的光阴里，它藏身于河水与沙石之间，忍受着白眼与冷落，就像一个不起眼的孩子，看不出将来会有什么大出息。此时，他连个像样的名字也没有。

在寂寞中，他耐心地等待着一个人。

一等就是 1000 年。

1080 年，沈括披星戴月颠簸在黄土高原上，他将赴任延安府太守。这年，他 50 岁，两鬓的头发都白了。那时，延安是一个边城，而沈括的主要工作就是维稳。强敌西夏虎视眈眈，要时刻提防它的入侵。

和很多人一样，沈括是个面目复杂的人，身份很多，文人、官员、科学家。

作为文人的沈括，历来被人诟病，有人说他是“小人”，因为他罗织罪名，整过苏轼，害得后者被发配黄州，政治上栽了一个大跟头。为什么要这样呢？我猜想半天，或许自古文人相轻，嫉妒人家的才华？嫉妒是灵魂的癌症。一个人一旦犯了嫉妒病，那就无药可医了，几乎什么事都能做出来。文人沈括，应该长着一张凡俗的脸，他是平庸的，甚至丑陋的。

沈括还是官员，延安府的一把手。工作大概他也干了不少，迎来送往，批阅文件，累得七死八活，腰酸背痛眼发花。可惜历史上这样的人太多，别说是他，就是历朝历代的帝王将相、开国元勋，人们又能记住几个？

作为官员的沈括，用陕北话说，一扫一簸箕，太多了。而官员最大的特点就是没特点，都是大众脸，一颦一笑相互复制，就像大街上那些中年男子，脸上写满了复杂的心事，额头上的每一条纹路都指向一段纠结。你常常会认错人，不是眼力不好，只是他们太相似了。总之，在官员堆里，你无法找到沈括，正如沙漠里无法看见一粒沙子。

真正使人们熟知沈括的，是他的最后一个身份——科学家。这是他含金量最高的一个称谓，也是人们敬重他、记住他的一个原因。事情总是这么奇怪，他的官位、权力没有人能记得，倒是一个业余爱好，使他留名千古。

作为科学家，他是清澈的，也是纯粹的。没有了嫉妒心，也没有了名利心，只有好奇心。

那些延河里的无用之物，一直等待的就是他。

人与人之间有一种神奇的感应，叫作缘分。其实，万物之间也存在着缘分。他和石油之间，就有一种深刻的缘分。当他的足迹到达陕北，一些事情就发生了改变。这种改变一直影响到今天。

我常常猜想，或许是某天，当他读到书里“高奴有洧水，肥可燃”这句话时，心里觉得奇怪：不是人人都讲水火不容吗？怎么书里面说火燃于水上呢？难道传说中的洧水有什么特殊之处？到底是怎么回事？于是，期待有一天来到洧水边亲眼看看。

这份好奇心是可贵的。繁忙的政务之余，他亲自做实验。在《梦溪笔谈》里，他详尽地叙述了发现石油、用石油制作石墨的过程，即使今天读起来，我们依然能感觉到他那蓬勃跳动的心，以及发现时的喜悦。

而好奇心，使他与众多的官员、文人有了巨大不同。这个不同是珍贵的，我们的历史上从来不缺少官员和文人，但是科学家却是凤毛麟角。在古代，科学是旁门左道，是奇技淫巧。一个人把心思放在科学研究上，无疑是个另类。做另类是需要勇气的，需要强大的内心力量。这样，才敢于去追随自己的内心，做想做的事。很多人忙碌了半辈子，到头来却发现半生为之奋斗的，都不是自己真正想要的，而想做的事，今生似乎没可能了，于是，一声叹息，下辈子吧。

沈括无疑是勇敢的，这份勇敢是拿智慧垫底的。他的勇敢与智慧，也给陕北带来了绵泽后世的好运气。

他发现了石油，命名了石油，并预言了石油。他说：“此物后必大行于世。”他对石油的神奇的预言，早已被证实。英国科技史专家李约瑟说：“《梦溪笔谈》是中国科技史的里程碑。”而陕北进入了《梦溪笔谈》，也就意味着进入了公众的视野，成为被关注的对象。借助一本书的力量，陕北不再是化外之地，不再被遗忘。研究石油，无法绕开“陕北”这两个字。

陕北是个穷地方，焦山渴水，彻骨之穷。濯濯童山，寸草不生。70年前，陕北生产的煤油，点亮了延安一个土窑洞里的小煤油灯，毛泽东写下了《论持久战》等著作。小小煤油灯照亮了黑夜，也照亮了中国人眼前的迷茫。

到了今天，石油这黑色的液体金子，深刻地影响着世界格局，也改变着陕北人的命运。

作为一个陕北人，每一次，当我站在高高的山顶瞭望，看见红色的抽油机永不疲倦地向地母叩首致敬，感觉脚下那大地深处石油的脉动，就会不由地想到沈括。感谢沈括，感谢他赋予了这黑色物质一个好听的名字。我再也想不出，还有哪一个名字更贴切、更动听。

你听，石油，多么雅致，多么生动，多么铿锵有力。因为他的发现，石油从陕北黄土高原的腹地启程，成为中国石油史上最庄严的一笔。即使隔了1000年，每个陕北人都会向他投去尊敬和感恩的目光。

武则天的胸怀

有句俗话："楼有多高，阴影就有多长。"

生活中，我们经常可以看到：有本事的人被诋毁的概率往往比较大，反过来，有些众口称扬的"好人"，往往倒没什么大本事。

武则天就是中国历史上因为本事大而挨骂最多的女人。骂她骂得最凶、最出彩的当推"初唐四杰"之一的骆宾王，一篇《为徐敬业讨武曌檄》堪称骂人经典。骆氏骂人下笔狠辣、角度刁钻，堪称刀笔，开创了中国人骂人的新境界。

文章一开篇，就从武则天"不正当"的男女关系下笔，"性非和顺，地实寒微，昔充太宗下陈，曾以更衣入侍，洎乎晚节，秽乱春宫"。一个品性不良、地位卑下、丑恶放荡的武则天跃然纸上。而"陷先帝与太子聚麀之讥"更是下笔如刀，刀刀见血。武则天先后侍奉两任皇帝不假，但男女之间谁是谁非，凭何而定？光是女人的责任吗？

骆宾王所创造的"骆氏骂人法"有着四两拨千斤的神奇功效，直到今天市场仍然广大。我们时常见到几个人脑袋对脑袋地凑在一起窃窃私语，某人的“桃色新闻”是真是假不要紧，只要有趣就行，传播起来就更快。凭他是谁，花花绿绿的传言一下子就能把他搞得五迷三道的。

试想，哪个成年人没有隐私？谁人的成长史上字字闪光辉？《圣经》上说人都有原罪，就是说每个人的灵魂深处都有灰尘。每个人都有可挖的“丑”。

揭完老底，骆氏又历数了武则天的罪行，“杀姊屠兄，弑君鸩母，人神之所同嫉，天地之所不容”！武则天被彻底妖魔化为一个杀人不眨眼的女魔头。

可是，回头一想，武则天的残酷是事实，但历朝历代，哪个君王不残酷？宫廷政治斗争中骨肉相残屡见不鲜，骆宾王竭力捍卫的李唐王朝就是一个典型。

当年“玄武门之变”，李世民杀了自己的三个亲兄弟，然后逼迫父亲李渊退位，自己当了皇帝。哪见半点骨肉亲情？这种事情别人做得，武则天就做不得？

据说，武则天看了这篇檄文后，赞赏不已。我想那一幕应该是这样的：武则天看完檄文，微微地笑着，将文章丢在案上，对宰相说：这就是你的过错了，怎么这么出色的人才被徐敬业给挖走了？

女性的优雅，帝王的气度，智者的胸怀凸显纸上。

而被骆宾王高度赞扬、奉为正宗，并从天时、地利、人和几个方面分析利弊，鼓动天下响应的徐敬业的反唐运动，到头来也不过是昙花一现。这说明了什么？人心的向背！对老百姓来说，谁能让他们把肚子吃饱谁就是好皇帝，管他姓李姓武，是男是女！据说，武则天曾经微服私访，看到一个老农吃饱了饭，拍着肚子哼唱。于是，她放心了。

在中国历史上，武则天上承贞观之治，下启开元盛世，在史书上写下了浓墨重彩的一笔，堪称杰出的政治家。

今天，当我们站在武则天的陵墓前，细细阅读那面无字的石碑，仿佛看到了一个伟大女性的心灵史、成长史和奋斗史，她那不甘心被人左右命运、不甘心以客体的身份附庸于男人的心声，穿越千年与我们的心灵对接，于无声处提醒着女人们，该怎样安排好自己的生命。

第五辑　走遍万水千山

写给江南

我的奶奶连县城也没去过，但是，她经常盘腿坐在炕头上感叹：要是能到苏杭二州转转多好！在陕北人心中，苏杭好像是一个理想，站在此地眺望的彼岸之境。

杭州的道路两边，到处是稠密的绿。坐在车上好奇地四下里望望，同伴的衣服、脸面都染成浅绿色，相视而笑，牙齿也绿了。

虽是中秋已过，但毫无凋零之气，我怀疑秋天走得慢，还没有走到江南。

苏堤

晚秋的西湖，丝毫没有肃杀感，相反，湖岸的树还是夏天密密层层的样子。天气是凉了，不过凉得刚刚好，走路不至于出汗，空气像丝绸轻轻滑过面庞。在陕北，一场秋风之后，空气里似乎藏着无数小针，扎着皮肤，一下一下地微微发痛。那树也就清减了很多。

柳是树中的女子，苏堤的柳那么柔美，而黄土地上的柳却活得泼辣。在我上班的路上，两排垂柳在凛冽的朔风里挥舞着巨大的扫帚，好像在奋力清扫天空，扫出来一片辽阔无垠的深蓝。一种无来由的肃杀感。

苏堤总是令人想到苏东坡。36 岁的盛年，贬官来到杭州，心情当然是相当的不爽，此刻的西湖也是同样不爽，淤泥堵塞将近一半，早没了当年的风致。紧接着发生大旱，城内缺水，老百姓走亲戚带的礼物居然是一瓶水。整个城市都在张大着嘴喊着，渴啊，渴啊！苏东坡顾不上自己的不爽，立即着手治理西湖，湖底的淤泥无处可用，于是筑成一条大堤，这就是后来的苏堤。这是天才的举动，既大大俭省了人力物力，又沟通了南屏和北山，方便了老百姓。同时，作为一个文人，他当然是不肯漏过任何一个审美创造，在苏堤两边种植垂柳，为西湖增添了一处格外动人的景致。

很多人想象中国古代文人，似乎整天诗酒，不理时务，其实远不是那么回事，一旦步入仕途，用世思想使得他们身上天然地有一种担当，很多人勤于政务，功勋卓越。北宋年间，和苏东坡几乎同朝为官的范仲淹在我们陕北延安戍边，左手持剑，右手执笔，写下著名的《渔家傲》，而北方大夏国也因畏惧范仲淹威名，不敢轻易犯边。

当然，人们喜欢苏东坡，首先在于他是一个生动的人，不玩深沉、不装高雅，文章里有着浓浓的烟火气。他爱吃爱喝爱山水，信手涂抹便是锦绣文章，拍拍肚皮满腹不合时宜，典型的巴蜀性格，豪放但不粗粝，多舛却不抑郁。他一生栽了无数跟头，爬起来还是笑呵呵的。他将一生的不快、失败隐藏在了宽袍大袖之下，凸显的是豁达放旷的可爱。我们记住了大江东去的洒脱和老夫聊发少年狂的豪情，同时也格外放大了这一面。

其实，他的一生并非没有苦痛，只是他不允许那些苦痛覆盖人生。

在他看来，来到世上就是为享受活着的乐趣，天天苦恼得吃不下饭，活着有什么意思？这种人生态度成了一种文人样板，从他身上，我们看见快乐是一种能力，并非取决于际遇。

此后千百年来，文人们行走在他所开辟的通幽路径，出入儒道之间，最大限度地消解了人生的失意，获得了内心的安稳。

万松书院

也许是天缘巧合，这一次遇见了梁山伯与祝英台。以前来过杭州几次，与万松书院擦肩而过，倒是想进去看看，见同伴无意，只好无奈作罢。

万松书院与西湖比邻。后者是艳妆丽人，盛名远播，引天下士子杂沓而来，围之观之，歌之咏之。而前者恰似布衣学子，清寒木讷，寂寞无名。两者本不相扰，又似乎相互补充。因了书院，西湖便沾染了许多的书卷气息。这里来过很多大儒，其中便有来自陕西的张载，郁郁苍苍的古松下，张载的塑像令人心生小小的澎湃。即使是千年前的乡党，也觉得分外亲切和骄傲，急忙走过去凑在塑像前照一张相。张载祖籍陕西眉县，曾来过陕北，在云岩当县令期间，启蒙民智，倡导教育。至今，宜川本地文风炽盛，老百姓以子弟好读书为荣。

让这座书院生动的是一场爱情。

著名的梁祝故事让清冷的书院散发出生活的体温。梁祝爱情里，祝英台始终是一个主导者，她是男权时代的另类。在女子无才便是德的谎言下，大多数的女子在别人的安排下，嫁人生子便完成了一生。而她不是，她渴望看看绣楼之外的世界，可能，还暗怀另外一种心理，想过一种别的女子从未有过的生活。于是，下了绣楼，换上男装，在江南青山绿水间轻快地奔向万松书院，企图寻求智慧，寻求一种另式另样的人生。

和梁山伯的相爱是自然的，刚刚好的年龄，刚刚好的地点，还有，我们的想象里刚刚好的容貌。

我不大同意梁祝爱情悲剧之说，破碎才可称悲剧，他们的爱情穿越千百年依然让人心动，让每个人回望自己的生命里那一场最美丽的遇见。

在爱情故事里，纪念的常常不是某个人，而是一种美好情怀，包含着爱情、情义、信念，还有坚持。

苏州

一个城市不仅有性格，而且应该有性别。苏州应该是阴性的，女子的气质，说不上明艳照人却精致耐看。一路上，很少看见器宇轩昂的高大建筑，楼房似乎都不怎么高，也不怎么排场，少了很多城市里高楼大厦给人形成的威压。

苏州是亲切的，温和的。一例白墙灰瓦，清爽含蓄。墙上画一扇冰炸纹的窗，小小巧巧的，留有大片的空白，却并不感觉单调，就像国画里的留白，让人产生无穷的想象，似乎通过这扇窗，能看见幽深的风景。

很多人把苏州想象成一个诗意的存在。比如，江南女子深巷卖花；比如，油纸伞下的清秀女子。其实，日常生活里的苏州烟火气息很浓，清晨的大街上，太阳还没有起来，霞光刚刚给树巅房顶涂上一抹亮色，城市便有了响动，自行车便如潮水一般涌过街头，无休无止。卖油条的阿姨大声招徕，嗓子喑哑粗嘎，很多年轻女孩边走边吃早点，步履匆匆。看来生活不会对任何人假以辞色，不管是陕北还是苏州，生活都是不容易的。

拙政园远没有我想象中的奢华气派。我一直认为，千百年来，这座园子沉淀了厚厚的富贵之气，讲究一下排场似乎没有什么过逾的。然而，园子似乎并不大，至少比想象中的小多了，如果看过西安的大明宫，北京的颐和园，便觉得拙政园狭小得有些让人失望，和它巨大的名头不符。

门楼不甚高，门楣上的“拙政园”三个字规规矩矩，一种士大夫的儒雅气息。一进门是一块太湖石，并不算好，笨笨的，少了瘦漏之气，屏风似的挡住了视线，恰到好处地多了一份曲折迂回，避免了一览无余之后的乏味。

和北方人所喜欢的阔大高迈迥乎不同，这里似乎有意造曲，反正不让你尽兴。园里处处见水却难一眼尽收，或玉带蜿蜒，或静水深流。荷叶高高低低错落其间，深秋里，荷花过了花时，夏日的旺盛已然不再。但残荷枯叶也有一种萧瑟之美，零零落落的花叶，偶尔一个花苞闪出来，让人眼前一亮。荷花是古典知识分子的最爱，是高雅、清洁的象征。拙政园里，当年的主人们是不是喜欢临水赏荷，以荷花自况？

苏州园林最能表现出中国式审美趣味。那别具匠心的安排，若非亲临难以言传，就拿照相来说，我只是个生手，但是在拙政园里照相那是相当的自信，只需要按快门就行了，任何一张相片都能当作明信片。自己对自己实在是佩服得不行。

寒山寺

姑苏城外，寒山寺的钟声一直在悠悠地回荡在唐诗里。随着年岁的增长，细细咀嚼《枫桥夜泊》里的28个字，越发细致地品味到那种人生里必将遇见的孤独。现在才明白，人一定要懂得和自己相处，并且在这种相处中体味孤独之中的饱满。平时，在练字的时候，总是喜欢写张继的这首诗，每每写着，似乎寒山寺的钟声穿过千山万水，直抵心间。

和拙政园一样，寒山寺的名气大，院子却不大。窄门、窄墙，进出要小心翼翼地，否则便会磕腿碰脸。院内是一例的白墙灰瓦，青砖铺地，处处有一种江南的低调婉转，却处处得见细致和讲究，门楼上的砖雕相当精细，讲的是一个佛经故事。

整个寺院格局与我们陕西赫赫有名的法门寺相比显得有些逼仄、小气，甚至就连陕北的钟山石窟也比不上。其实，倒也没有什么可比性，法门寺是皇家的，自然通身气派不同，处处有豪奢气。而这历经风雨剥蚀的寒山寺，似乎有一种静，沉沉的，很有分量，沧桑却并不显得颓丧。四围爬山虎密布的墙似乎在告诉人们，在荣枯里世事的变幻和经历的往事。

晚秋的天气，树隙漏下细碎的阳光，尘影在里面慢慢地飘，一种岁月沉淀下来的气息，难以言传，只是无端地惆怅。如果某一天，最好是雨雪天气，游客不那么多，最好没人，一个人坐在寒山寺的菩提树下，一坐就是半天，什么也不用想，安享寺院里的宁静，便是有福之人了。

我想起寒山寺里一段著名的佛家公案：

昔日寒山问拾得曰：世间谤我、欺我、辱我、笑我、轻我、贱我、恶我、骗我，如何处治乎？

拾得云：只是忍他、让他、由他、避他、耐他、敬他、不要理他，再待几年你且看他。

故事早就读过，当时不甚明了。佛家的处世态度让人觉得不具备可操作性，甚至矫情。由着别人蹬鼻子上脸是不是太窝囊？况且“忍”字谈何容易？心头插一把刀。可是，站在寒山寺里听这段故事，感觉就完全两样了。忽然明白，“忍”是因为太聪明。人人渴望聪明，谁知道聪明必然心思细密，对外界的任何细微信号都能准确收到，觉察到了别人的敌意，烦恼就会比头发还多。如果开阔一些，豁朗一些，那么诽谤、欺骗、轻贱浑然不觉，岂不是另外一种人生境界？

可仅仅是心胸或者境界的问题吗？似乎还不是。好像暗示一种思维的走向，或许，是不是在说，人有时候需要一些迟钝和木讷？

秦淮河

再没有比秦淮河更靡丽的了，细波里流淌着多少缠绵的故事。明末的秦淮河边自是勾栏瓦肆，一派繁华。有意思的是，秦淮两岸，左边是悬梁刺股苦读经书，右边是倚翠偎红调笑无厌。河的左岸是贡院，读书人攻读孔孟、求取功名的地方。据说，河上有一座君子桥，说是禁约读书人过桥，否则便不是君子了。文人的假装真是酸倒牙，我想，大多数的人都走过这座桥，否则，修桥干什么？

实际上，明末的秦淮河边，文人聚会要是没有名伎在场，那将是最乏味的了，佳人是才子的调味品，点缀着他们乏味的书斋生活。事实上，所谓秦淮八艳，就是他们选美的结果。

据说，这八位女子庄妍靓雅，风度超群，琴棋书画无所不精，赢得了文人们狂热的追逐。柳如是是位诗人，马湘兰是位画家，陈圆圆精通音律……秦淮河边，她们响当当的名字曾赢得无数羡慕的眼光和暗自吞下肚子里的口水。名伎身份反而给了她们一种自主权——在众多倾慕者中自主选择如意郎君。她们都曾有过动人的爱情，也算是苍凉生涯里的一个补偿。较之于将一生稀里糊涂交给未知，不曾真正获得爱情的众多良家女子，她们似乎是幸运的。柳如是嫁给了文坛领袖钱谦益，李香君嫁给了河南才子侯方域，董小宛追随美少年冒辟疆……

这里我想说的是李香君。孔尚任的《桃花扇》使她获得了极高的知名度，再加上幼时曾经看过电影版《桃花扇》，意念里的李香君就长着一张王晓棠式的脸，无暇，甜美。她娇小玲珑，雅号“香扇坠”。在秦淮河边艳冠一时，命运让她遇见了侯方域，后者也不是等闲之辈，出身河南富家且才华横溢名噪一时。曾经是多么令人羡慕的一对伉俪，让人以为，幸福就像眼前的秦淮河一样，永远流淌不尽。

然而，在一个乱世，没有谁会货真价实地幸福，即便是有，也如眼睫毛一般短暂。随着明朝的覆灭，她也走向人生与爱情的幻灭。侯方域名节不保，两朝应举又落榜，为广大士子鄙弃，在惭愧悔恨中匆匆离世。李香君独自来到栖霞山，在一座落寞的道观，出家为尼。

不仅仅是她，秦淮八艳几乎没有一个善终，她们为曾经的红极一时付出了太多的代价。人们羡慕她们的美艳，可是，有谁看见凄凉的结局？在一个时代巨大的悲剧下，个人的遭际实在不值得一提。

一代倾城逐浪花。如今，只有秦淮河边香君旧居依稀让人想起她，仿佛她还在桨声欸乃的秦淮河边，让几百年之后的人空自怀想。

今天的秦淮河，繁华一如从前，夜深了，还丝毫没有打烊的意思，几百年前的明末大概也是如此吧。想起江南之行还未购物，无论如何还是要买一点东西回去的。我不大同意旅游不购物，上当固不可免，然而不可因噎废食。买一点当地特产不仅可赠人悦己，更重要的是，购买本身意味着一种对异域文化的认同。陕北人是不大讲究饮茶的，即使喝茶也基本等于解渴，友人相聚，喜欢的是喝酒，豪爽里夹杂着粗糙。我想，酒是用来款待别人的，茶应该是用来款待自己的吧。

在秦淮河一家著名的紫砂店里，我买了一把紫砂壶，用这把壶泡西湖龙井刚刚好。这是一把西施壶，造型简洁圆润，手感颇好，壶身阴刻《般若波罗蜜多心经》，我想在啜饮之余，诵读心经倒也算养心。

当然还有丝绸，我相信丝绸是所有女人的爱物，细腻精致的纹理摸上去无比妥帖安心，像心底珍藏的一段故事。陕北不产丝绸，多是棉布，手工纺织的粗棉布床单，躺上去有一种躺在阳光里的感觉，身心一下子松散，仿佛四肢百骸全部丢失。而丝绸的感觉是另一样的，用手摸摸，沙沙作响，再细腻的皮肤都会显得粗糙，人会强烈地感觉到自己的存在。

我的一个朋友买了许多丝绸，每种花样都要，别人问：买那么多干什么？答曰：还没想好，等回家慢慢想。我也是一样的，看到满眼绮丽无比的丝绸，心头涌起强烈的爱慕，对美的爱慕。于是，尽情地买，好像要把江南的美都带回家去，至于做什么用，觉得做什么都有些糟蹋，还不如就拿在手里细细看着，慢慢摩挲，再一次品味江南的美。

成都帖

待在一个地方久了，就会产生一种偏狭心态，觉得哪里都太偏远，而自己的脚下恰好是世界的中心。这个时候，你需要出去走走。作为一个蜗居偏远的陕北人，我经常用这种办法纠偏。我知道偏见消除之后，一个人才会更加公正和宽容。

城市的味道

谁会专门到一个陌生城市里逛公园？

我会。

我觉得一个城市的味道不在于华丽的购物中心，也不在于戳破天的高楼大厦，而在民间的日常琐细，因为这里隐藏着生活的样貌，就像回家卸了妆的女子，露出的是真面目和真性情。

公园里，一般都是本地人，他们就是城市的模样。在成都，我住在一个公园的旁边，公园很大很旧，从早到晚都有人。早上晨练的老人，白发苍苍，走路慢慢悠悠，戴着助听器，听广播，或者遛狗，偶尔闪过几个年轻人慢跑的身影。这里没有人和时间赛跑，也没有人步履匆匆，急着去干什么。特别是那些老人，似乎更在意观花赏竹。即便是冬天，成都的寒冷也不很彻底，似乎舍不得冻着人，金黄的磬口梅开过了，红梅正开得好，陕北三四月才看见的桃花，此时已绽开粉红的花瓣，草丛里撒着细细碎碎的花。抬眼低头尽是可看处，墙根的野草细长的叶子就那么肆意抽着长条儿，衬着白墙黑瓦，好像写意的文人画。

这让我多少有点儿不平衡，上天也太偏心眼了吧！陕北此时，冻裂大地。

中午一过，三四处茶馆里坐满了人。大家随随便便歪在竹椅上，嗑嗑瓜子，喝喝茶，两三个好友边聊天边打牌，口里哔哔啵啵，手下哗啦哗啦，让我大为惊讶，哦，成都人不过日子吗？要知道，在陕北，干活被称为做生活，也就是说，生活就是干活，而干活又叫受苦，农民有一个别称“受苦人”。总之，生活就是受苦，陕北民歌里诉说最多的，除过得不到的爱情，就是生活的艰难。

在成都，生活不是熬光景，不是干活，更多的意味是享受过日子的点点滴滴。出租车司机边开车边打电话，跟朋友约好出去“耍一下”。然后早早交车，去耍了。

耍，是一个经常被用到的词汇，交朋友叫作“耍朋友”，男女之间的交往似乎也是从“耍”开始，耍是一种生活态度，透着洒脱、自然、不刻意。我跟公园里开麻将馆的老板聊天，说起成都人爱玩不肯下苦挣钱，他会说：“要那么多钱干啥子？够花就行咯。”一副乐天知命的样子。麻将馆里常常坐满了人，男女老少都有，来早的，站在门口打电话：“赶快来噻，就等你一个了！”不一会儿，出租车里跳下一个，“哎哟，我早早关了店子就过来了。”不一会儿，里面传来哗啦哗啦的洗牌声，说说笑笑里，洋溢着生活的自在。

玩了一天，肚子不觉饿了，不要紧，早有可口的小吃在等你，钟水饺、赖汤圆、肥肠粉，热热乎乎的一碗，不大不小，垫一垫肚子，刚刚好，吃完了接着玩。我发现，饮食文化丰富的地方，往往富庶，而富庶的地方，不需要太过于勤劳。

看来，陕北人心目中的绝对真理——勤劳，放在成都就不太适宜了。

安逸哟！成都人心满意足地说。

薛涛的安顿

望江楼临水而建，1000 年前，薛涛大概就在这里眺望碧水之上的白帆，情人元稹从这里告别，约好隔年见，一年又一年，再也没有回来。

和那些老故事里的女子一样，她被抛弃了。

此刻，我也走在望江楼旁，脚下的每一片草地都是她曾走过的，我的每一步都和她的脚印重叠着，这么想着，就觉得她的气息还在，仿佛就在身边。

那个将一生安顿在这里的女子，安详地生活着，将诗句写在深红笺上，没有情人陪伴，诗歌就是最好的伴侣。

一个人选择了艺术可能命运就不会太好，至少缺少世俗意义上的幸福。可是，很多时候，选择权在命运那里。

薛涛出生在长安城里一个官宦家庭，年幼时候，有一天父亲薛勋在院子里吟诗：庭除一古桐，耸干入云中。想不出下句，正自搜肠刮肚，8 岁的女儿随口接道：枝迎南北鸟，叶送往来风。

父亲一听拍手叫好，可是忽而面色转阴：担心女儿命运不济。直到今天，这个魔咒似乎还没有被打破。去年，我和一个朋友聊天，说起她们那里的一件事，过年了，市上一位尊贵的女领导慰问文化工作者，当她与一个知名女诗人握手时，酸酸地来了一句：写诗的女人命都不好！

在场的人一愣，不晓得女领导什么意思，是在显示她读书多？还是对有才华的女子下意识的敌视？

童年那点儿薄薄的幸福，像阳光下的雪花，随着父亲的死去而消失。迫于生计，薛涛不得已做了官伎，流落蜀中卖艺谋生。然而天不掩其才华，很快她的聪敏巧慧获得了节度使韦皋的青睐，成为四川最高长官身边的“女校书”，这可不是谁人都能干得了的工作，起码没有学问是不成的。想当年，诗人白居易、李商隐都干过这个营生。

一时，凭借韦皋身边的红人这个名声，薛涛的诗作流传蜀中大地。权力场中多的是机巧人，很多人巴结薛涛，企图接近韦皋。这种虚假的红火热闹中，薛涛毕竟年轻，哪能看得透？于是她毫不顾忌地接纳别人的好处，结果触怒了韦皋。韦皋觉得她影响了自己作为一个政府官员的好形象，便打发她到偏远的松潘地区劳军。

毕竟年轻呐，哪里知道官场笑脸背后的寒意。

41 岁那年，薛涛像一朵晚开的花，终于迎来自己的花季。

她遇见了元稹。

按说已经到了不惑的年纪，对于爱情已然云淡风轻，再说，作为一个知名女人，各种疑似爱情也算见得多了。可是，就像每个人一辈子都会出一次牛痘一样，一个人一生中总会在某个时刻为爱情燃烧。就这样，她不可救药地爱上了小她 11 岁的元稹。

这一场爱情像烟花一样绚烂，也像烟花一样短暂。

在锦江边，一场隆重的告别之后，元稹一去不返。在男人的内心深处，前途永远大于爱情。况且，薛涛的身份地位及年纪与他也不般配。在爱情的高烧消退之后，这些都成了她致命的弱点。更致命的是，元稹本身就是一个感情易变的人，他一生爱过的女人无数，每一次给出的都是真心，但很快就会变迁。“曾经沧海难为水，除却巫山不是云。取次花丛懒回顾，半缘修道半缘君。”多么专一的情感表达！直到今天，谁也猜不出来，这诗是写给哪个人的，女朋友实在太多了，连好朋友白居易都批评他滥情。

其实，爱情本身就是奢侈品，失去爱情不算人生悲剧，因为谁也不能永远拥有。

太多的故事讲述了遭遇背叛之后，女子的悲伤和愤怒，甚至为爱生死。比如，唐传奇里的李娃、霍小玉们，古希腊故事里复仇的美狄亚等，似乎在暗示，爱情是女人的宗教，没有爱情女人就无法生活，因此情人背叛之后，女子要么死亡要么疯狂，凡间的女子至少会在精神上枯萎。

可是薛涛没有。

当爱情覆水难收，人还要活下去。这时候，人与人的分水岭显现了，薛涛收拾了残局之后，转身，开始了一个人的生活。

薛涛不仅会写诗，还会造纸，薛涛笺就是她的发明。如果说蔡伦发明了造纸术，薛涛则发明了造彩色纸。望江楼边有个古井，据说，当年薛涛在这里汲取井水，亲自上手操作。

薛涛笺是一种精美的纸张，专门用来写诗，鹅黄绯红果绿，色色不一，上面印着花草，寥寥几笔使得普通不过的纸张变成了艺术品。一时间，她造的纸成了抢手货，她的生活优裕而安宁。就是用今天的眼光来看，那些手绘的薛涛笺还散发着一股优美的文艺气息。

没有了爱情，不但要活，还要好好儿活，这才是本事。一个女人要有本领好好安顿自己的生活。

如果你对爱情失望，是因为你赋予了它太多的期许，没有什么能够永恒。我想，薛涛是了然于胸的。

浣花溪边的草堂

草堂，一个贫寒人家的蜗居。千年前，杜甫在饱经离乱之后，在浣花溪边燕子啄泥似的盖起了一个茅屋，算是安妥了一家老小。

可是如今，草堂变成了一个旅游景点，豪阔和热闹让人大吃一惊，大概不到草堂来就不算来过成都吧。于是，经年累月，不断扩建，规模越来越大，没有了诗人的简素，十足的铺排。

一清早，售票门口排了长长的队，各色方言闹闹嚷嚷。诗人清瘦的塑像和身边的红火热闹格格不入，有的攀着诗人的脖子，有的挽着胳膊，摆出各种姿态，人们高举手机频频拍照，穿行其间犹如穿越手臂的树林。

热闹是有道理的，从毛泽东、郭沫若到平常百姓，都到这里造访过，毛泽东还专门在草堂二字的影壁边拍照留念，我想也许是一个诗人对另外一个诗人表达一种远隔千年的敬意吧。于是，草堂影壁前从早到晚聚满了人，模仿主席姿态纷纷拍照。

如果杜甫还在，不知道热闹场中还能不能写出诗句。不过，那时候的诗人，在很多诗歌中都曾写到过孩子众多的负累及窘迫的生活。他的贫穷是有名的，依靠朋友的资助勉强度日，无钱无名，平日不会有几个朋友来访。

此刻，正是春节期间，草堂里摆满了各色花卉和盆景，一派喜庆的过年气象，竹子青翠，红梅初绽。想起北方的天寒地冻，恍如隔世。此刻的陕北，正值隆冬，所有的植物都在睡眠，世界一片萧条枯黄，简直两个世界。

浣花溪边的四年，他至少可以歇一口气，不再为了生活操劳奔波。

诗人是一种生活能力很差的群体，所谓世味深而天机浅，反之亦然。他们不懂为了更多拥有物质财富而机关算尽，也不懂得长袖善舞和各色人等打交道。他们的生存需要上天格外的垂怜。

有时候，上天的垂爱就会幻化为一个贵人。严武，杜甫的好友，身居高位，用他的强大力量保护了诗人。我猜想浣花溪边的生活，应该是他一生最好的光阴吧。这在他的诗歌里得到了印证："锦江春色来天地，玉垒浮云变古今”“寒波澹澹起，白鸟悠悠下”。多么旷远高迈的意境，诗歌本身就是内心世界的外化，诗意的心才能看见诗意的世界。

我走过草堂的每一条小径，处处是繁密的植物，肥沃的土地没有一寸是裸露的，植物争先恐后地生长，各种叫不出名字的花朵密密匝匝地开放。我想，那些花在1000年前，也是如此绽放，被他写到诗篇里，永不凋谢。此时，他写下了大量重要作品《江畔独步寻花》《春夜喜雨》《茅屋为秋风所破歌》《闻官军收河南河北》……几乎每个中国人在小时候都诵读过他的诗，那些诗行镌刻在了每一个人的灵魂深处。

因为杜甫，陕北和成都之间有了一种关联。在安史之乱中，杜甫听说太子李亨在灵武即位，一路向北去追随。一个雨夜，他一步一滑走到了延州小城，无钱住店，只好在山崖之下藏身避雨，一双破草鞋当作枕头，在凄风苦雨中挨过了饥饿寒冷的夜晚。

因为这个夜晚，陕北人的生活里就有了他的存在，如今有一道川就叫杜甫川，人们用他的名字来纪念千年前的雨夜造访。人们在他枕鞋夜眠的石崖上修建了杜公祠，清瘦的诗人端坐高处，一双忧郁的眼睛关怀着门前的人间百姓。每一个路过的人，一抬头也能看见他。

这是一次意味深长的造访，一个诗人悄无声息的到来，使得边城沾染了诗意，“清辉近接鄜州月，壮策长雄芦子关”。如今，杜甫川的人们天天在诗人的塑像旁边，来来往往，引车卖浆，买菜做饭，婚丧嫁娶，杜甫好像他们的一个邻家，“嘿，老杜！”我仿佛听到他们对诗人亲切地打着招呼，好似碰到了一个老熟人。

天津印象

一

我觉得城市和人一样，都有一张属于自己的脸。有些是明星脸，乍见惊艳，回思却尔耳。天津不是，它有一张大众脸，看着挺周正却没什么特点，顶多也就算个平眉正眼。就像在大街上，有一个人迎面走过来了，你觉着面熟，却又一时想不起在哪里见过。使劲地想，想起来了，回头看看却找不见茫茫人海中他的背影。

如果一定要找个词形容一下天津，“随和”这个词似乎贴切一些。而这随和又不同于成都的随和，成都也给人以随和的感觉，是随和而安逸，没有什么让人着急的，行人慢悠悠地走，没有人抢时间争速度，街边一桌桌的麻将似乎永远不会散摊，男女老少随和到慵懒的边沿上了。也不同于北京人的随和，北京人的随和里有一种鲜明的强势，即使谦虚也总暗含那么一点儿霸气，稍不留神就露出来了。

天津算不上是一线城市，比起旁边赫赫有名的北京似乎差了那么一截。天津没有什么响亮的名头，没有人专门为它而来，多一半是逛完了北京，捎带着到天津看看。我去过北京很多次，但从来没动过到天津玩一趟的念头，黄山归来不看山的。

就像我们陕北人说的，不说的话说三遍，不走的路走三趟。到底还是来了天津。

北方的春天来得晚，四月，春天的味道才渐渐浓起来。下了火车就走进了春天里，那么浓郁，一树树雪白的花在黎明中盛开，那种春天的感觉与黄土高原是如此不同。正是在最合适的时间，春天的天津，在那里等我。

二

正如一个女孩子，不必漂亮得无可挑剔，只要有一点可看就可爱。天津也是这样，虽没有北京那么多名胜，但只要有五大道就足够了。

并不怎么宽的街道，不时有自行车从身边驶过，久违了的熟悉感。在我所居住的延安，自行车几乎绝迹，不想却在天津碰见了。五大道曾经是租界，战乱时期，租界似乎是一个避风港。一幢一幢公馆里住着那些名号响亮的人，他们的寓所几乎都是出自名家之手设计，每一处都是煞费苦心地刻意显示着与众不同，甚至每一扇窗户上的纹饰都充满美感，可见设计者对细节的精心。形形色色的建筑，巴洛克式的繁丽夸张，洛可可式的柔美纤巧，英格兰乡村的田园风情，更多的是亦中亦洋，中西元素都很鲜明。行走于“五大道”几乎等于浏览了万国建筑，和中国古典建筑相比，完全是另式另样的美。可是在七八十年以前，在普通中国人眼里，那些建筑多少显得怪异和突兀，它们的存在本身就是国家的一段耻辱史。和平区的中心公园，下午时分，三三两两的老人或下棋或聊天，很是悠闲。多年以前，这里是英国人的公园。“华人与狗不得入内”

的告示就出现在这里。

如今，历史已将那段不堪岁月深深掩埋，租界也在岁月的洗涤中脱去了象征意味，融入天津人的日常生活，和海河两岸充满现代感的高楼大厦彼此呼应，水乳交融。

在“五大道”，名人故居密密实实，碰鼻子碰脸，一转身就会遇见一个。梁启超、曹禺、袁世凯、顾维钧、张学良、曹锟、徐世昌、孙殿英，都是影响历史的人物。一路看下来，似乎又回到了民国，让人感到他们随时会从某个公馆里走出来，像平日里一样，振一振衣袖，仰头看看天，然后出门。

在赤峰道的张学良故居前，我停留了很久。因为，就是在这里，一场爱情隆重上演。

这段故事的细节早已经漫漶不清，只有梗概：1928 年，16 岁的赵一荻（赵四小姐）认识了不到 30 岁的少帅张学良。两人当下情投意合。一年后赵一荻私奔，跟了张学良，并在各方的瞩目下，不顾名分，不顾家庭的强烈反对未婚生子。一时成为人们津津乐道的新闻。西安事变后，张学良被蒋介石软禁。赵一荻将不到 10 岁的儿子送到美国，托人抚养，自己从香港赶到贵阳修文县阳明洞，陪伴张学良。这一伴就是 60 多年。

1964 年 7 月 4 日，52 岁的赵一荻和张学良举行了婚礼，终于做了新娘。2000 年 6 月，赵一荻离世，终年 88 岁。

这场传奇之爱能赋予建筑生命，时间越久，越值得回味。有了情感的衬托，建筑也就有了故事，这些“凝固的历史”让人回想起那些自己生命里逝去的永远不再回来的爱情。

天津，因为这个爱情故事而浪漫并生动。

世事流转，那些影响历史的人物纷纷离去，远不如庭院里的植物那么耐久。四月，海棠花开得正旺相，一树一树雪白的花从斑驳的围墙里探出来，有点像陕北的苹果花，初开始我还真以为是苹果花，后不免狐疑，想那些富丽堂皇的建筑怎么也不能和朴素实用的苹果花匹配呀，苹果花应该属于我的朴素的陕北，而海棠的娇丽正好匹配那一幢幢公馆的奢华。

暮春的下午，没有什么要紧的事情，闲闲的，便觉得很有福。一个人，有些寂寞，却也心甘情愿。一阵轻风过后，海棠花瓣纷纷离枝而下，地面铺满一层花瓣，舍不得踩上去，那么美，那么短暂。

在深深的小巷子里，隐藏着小小的咖啡馆，家庭院落的格局，亲切，随意，坐在斜阳下，看看闲书，或者看那些花瓣从半空里翩然落下，此刻便深悟，心无挂碍就是至福。

其实，所谓旅游，不就是为了离开固定的生活轨迹，寻找一种无挂碍的闲散？可惜，很多次远行都不幸跌落到更烦乱的陷阱。上次去乌镇，那个憧憬了数年的江南小镇早已被打扮得花枝招展，挨挨挤挤的商家沿街叫卖，熙熙攘攘的人流摩肩接踵，昔日宁静早已不在。留在心头的只是两个字：后悔。

而天津的宁静也许要感谢它的不太出名？

还有一可去处，旧货市场。卖古旧物品的那些小摊旁坐着上了点年纪的老板，手边一个大茶杯子，慢慢地啜饮，好像是专门来品茶的，并不那么热心地招徕生意。看上了，掏钱。看不上，走人。并不多言。早已经被记忆埋没的东西忽然跳出来，出现在你的眼前，一阵惊喜，忍不住和它们打招呼：原来你在这里呀！童年看过的小人书、连环画早已卷了边，像是被沾了口水的手指头翻了无数遍。父亲放在案头的红塑料皮《毛泽东选集》，里面画满了红的黑的道道。童年，父亲在昏暗的灯下天天阅读。如今，他已老了。母亲天天擦拭的旧花瓶，上面应该插一束塑料花的，红花绿叶装扮着家里的喜气。还有姐姐爱看的《大众电影》，封皮的美人还是风采依旧，永远不会老去似的。谁知道过了多少年，它们竟然在天津等我！

本来并不预备买太多东西，但是离开的时候还是满满当当。最得意的是买了两块石头，准备刻章用，一块是青田石，一块是巴林石，我喜欢那种奇幻的色泽，出乎意料的线条。自然价钱不菲，想想也怀疑是否应了旅游不购物、购物净上当之说，不过很快自我安慰，喜欢就好，难得这么喜欢的！不过再回头想想还是很心疼，尽量不想就是。

三

天津人似乎都比较平和，随意找个人问路，生怕给你说不清，一遍说完再说一遍，旮旯拐角，直到你不好意思，不管听懂没听懂只顾点头，实在不过意让人家这么麻烦。待人更是谦和，有次买东西，头发已然花白的老人却叫我“姐姐”。初开始实在不好意思，怎么当得起呀！后来慢慢琢磨明白，人家那是客气，抬举你。这么你谦我让的，谁还好意思争高论低呀。在出租车上，和师傅聊天，问起他们的生活，多是点点头：嗯，好着呢，过得不错的。

比之于狗不理包子，我更喜欢煎饼果子。前者似乎已经登堂入室成了名牌，而后者还是普通人每天的早点，抬头不见低头见的。

清晨，我居住的酒店街边拐角，有一个小小的手推车，卖煎饼果子的女人40多岁，手脚干净麻利，摊煎饼，打鸡蛋，刷调料，行云流水一气呵成。排队买早点的人不管有多少，一眨眼工夫告罄。在陕北也见过有人卖煎饼果子，但总觉得不对劲，不匹配似的。陕北人早晨要吃洋芋擦擦喝喝米汤才对劲。忽然想给家里人也带一些，好歹也是心意。我和卖煎饼的女人聊天，她是天津宝坻人，种地养不了家才投奔到此地的。女人天生一副利索长相，一边熟极而流地做活，一边和我聊天。家里两个男孩，要娶媳妇，一个要30万元，男人在一家公司给人当保安，一个月也就千把块钱，挣多少才填得上这个窟窿，可不得起早贪黑挣点儿钱？

停了一会儿，我问她，你这生意怎么样？女人一笑，眼睛眯成一条缝儿，满足地说，还行呀，天津人好啊。你看我这身衣服，都是街坊邻里给的，知道我没钱，都照顾我。说着笑着，一脸的坦然自足。

我给家里人买的煎饼果子，理所当然地遭到冷遇，小孩子咬了一口就放下，怎么这么难吃？丈夫大概不好意思打击我，埋头苦吃。半晌，抬起头长长出一口气——终于吃完了。我就纳闷，怎么我就那么喜欢呢？也许是我喜欢天津？嗯，或许是吧。

北方之北

北方

有时候，人会莫名其妙地对某个人好，或者莫名其妙地想念某个地方。

小时候，我常常一个人游荡在旷野上，有时爬上墙头向远处瞭望，面对陕北以北，总有一种莫名的心悸。北方，一直向北，那些细细弯弯的小路最终会通往哪里？

年幼的孩子总是对远方充满向往，小小的心脏充满了与年龄不相符的惆怅。

后来，迷恋上了地图，总是在地图前久久凝视，每一条河流，每一座山脉都用目光细细抚摸。北方，还是北方，似乎充满了未知的诱惑。有一次，驱车去看白城子，那是1000年前匈奴人遗弃的一个都城，在一片白花花犹如骨头的废墟中，竟然感到那么熟稔，好像曾经来过。

我问一个卜者，为什么我对北方的感觉那么强烈？他说，你的前世是从那里来。

八月里的一天，接到一个陌生电话，一个美丽的声音邀请我到东北开会。北方的邀请，对我来说，不如说是召唤。

火车在东北大平原上铿锵前行，初秋清晨的阳光，早早就洒进车厢里，也洒在我的脸上，东北平原渐渐铺展开来，一眼望不见边际的庄稼，南瓜像火一样红，东一个，西一个，随随便便地撂在地里。高粱的绛紫色长穗子沉甸甸的，仿佛重得举不起来了。玉米的个子蹿得老高，黄绿的叶子下藏着胖楚楚的玉米棒子。车厢里的一群孩子欢呼雀跃，争论着那些庄稼的名字。

秋日的东北大地，显示出一种倦容，慵懒而沉静。一大片一大片的田野，一直铺展到地平线，好像火车永远也走不出这片土地。对一个陕北人来说，心里满满是歆慕。陕北没有地平线，天空的边缘被大大小小野兽一样蹲在那里的山峦东咬一口，西咬一口，有的山沟沟里只剩下巴掌大的一片残天。初来陕北的人会感觉群山挡住了外面的世界，仿佛是坐在一口井里，恨不得一把将那些山疙瘩推得远远的。

没有在陕北生活过的人，可能体会不到山区的人看到平原的那份激动。东北的辽阔，是火车从日升一直走到日落也无法穿越的辽阔，我在心里默默地提醒自己，这就是东北！

延长与大庆

多年前，我们的企业收集史料，编纂石油志。我是一名记者，要采访很多在外地工作的陕北人。

有一次，我采访一个在大庆工作的老领导。在拨他的电话那一刻，我的心里忐忑不安，他那么大的官，会接受我一个小记者的采访吗？

电话里，一个夹杂着陕北味和东北味的声音传来，一时间，我紧张极了，结结巴巴地自我介绍以及说明要采访的内容。没想到，对方一听说我是陕北人，电话里朗朗笑着，称我是小老乡，表示很愿意接受采访。他在电话里滔滔不绝，告诉我当时东北发现大油田以后，陕北延长县为了支持东北尽快打出油井，抽派大批技术人员奔赴东北的情形。

“哎呀，那时候呀，走得急，什么都没带，来了才发现，这里跟咱陕北不一样，一眼望过去，平展展的什么都没有，连个挡风的山疙瘩也没有，掏个窑洞也不行，晚上睡在地窝子里，半夜冻得醒来，耳朵跟铁片子一样，眉毛上都是冰凌子。”

也有许多东北人在陕北生活着。10 年前，我还是中学教师，有一天来了一个家长做校访，一张嘴一口东北话。原来，他的父亲曾在张学良麾下的东北军，1935 年 11 月，东北军 109 师进攻陕北红军。他的父亲在直罗战役中被红军俘虏，从此就留在了陕北，成为延长油矿的一名工人。“九一八”事变爆发后，很多东北青年投奔延安，仅在延长油矿工作的就不少，有些是朝鲜族，有些是中俄混血儿。我有个同事就是俄罗斯血统，蓝眼睛，高鼻梁，据说父亲是俄罗斯人。现在她说着一口纯粹的陕北话，已经完全融入本地。陕北人的包容和厚道，使得他们安静地在这里生根发芽，开枝散叶，过着寻常人家的日子。

如果说抗战时期，延长油矿养育了陕甘宁边区政府，使之活下来。那么，大庆则为新中国承担着养家糊口的长子之责。

当年红军长征途中，疲惫饥饿的一队人马在一个名叫哈达铺的地方停了下来，下一步何去何从，是一个严峻问题，必须做出抉择。冥冥中有天意，毛泽东素有爱看报纸的习惯，他恰好看到了一张报纸，报纸上恰好有一篇新闻，提到了国民党部队围剿陕北红军。这则新闻透露了一个信息：陕北有红军。

陕北张开贫瘠的胸膛收留了这支衣衫褴褛的部队。而陕北恰好有石油，抗战爆发后，作为当时的紧缺物资，已经金贵到了“一滴石油一滴血”的地步。陕北石油为红色政权换回了大量枪支弹药，粮食布匹，让他能够在这焦山渴水中活下去。

而大庆，同样令人感到有某种天意。“九一八”事变之后，日本占领了东北，在大庆区域也曾发现石油露头。

大庆的作家告诉我们，日本飞机在空中发现龙虎泡有油花在水面上漂浮，显示本地有油藏，于是，他们组织人力物力去勘探开采。就在钻机马上要打到含油层时，恰好一股过路的土匪袭击了日寇，而恰好负责勘探工作的日本工程师是个美国留学生，接受的是“海相生油”理论，对此事并没有多大信心。此事便草草收摊散伙，勘探找油不了了之。

谁料想，新中国成立以后，在国家最需要石油的时候，大庆打出了喷井！

据说，当年那个负责勘探的工程师自杀了。也许是羞愧，也许是后悔。

只差一点点，历史就会重新书写。

我相信这就是天意，在国家最危难的时候，延长和大庆改写了历史。有人说，第二次世界大战是因为小小一滴石油而改写。在我看来，历史也是如此。石油和国家的命运总是紧紧相连。

遇见萧红

东北如果没有萧红，该是多么荒凉。有了她，大平原似乎就不那么空旷了，仿佛她笔下的那些人物还在庄稼地里劳动，王婆还在庄稼地里收南瓜，冯二成子还在磨坊里磨面，未婚先孕的桃枝还在河畔洗衣服。而萧红，还在桌前写着文字。

现在，她变成了一尊汉白玉雕像，站在那里，双目眺望远方，嘴角微微收抿，有些倔强，又有一些不谙世事，一个北方女子的样子。

因了萧红，默默无闻的呼兰河声名响亮，几乎每个略略读书的人都知道这个北方以北的小河流。萧红正是这条河流的女儿。

上大学期间读过她的《呼兰河传》，惊讶于小说居然可以这么写，东一句，西一句，像呼兰河的自由灵动，也像东北大地的残酷严寒。自由自在、天真无邪和残酷的时代，生命的磨难如此不协调地冲撞在一起，这多么不像小说呀！我把感受说给朋友。朋友说，萧红之所以是萧红，就是因为她敢于这么写。后来，慢慢才知道，具有标本意义的作家都有这样一种特性：胆大且蔑视常规，敢于打碎别人制定的模式，用另式另样的方式写作。这种大胆不是鲁莽，而是极度的自信，文学，有时候需要一种极度的自信，甚至自负。

萧红故居的纪念馆里，幽静极了，几乎没有什么人。也许人们更关注的是电影里那个美丽的，和众多男子有着感情纠葛的萧红。玻璃窗外，北方秋日的阳光照彻世界，一片光亮，反而显得室内更加幽暗、寂寞。

深色的墙壁上，我看见她的文字："女性的天空是低的，羽翼是稀薄的，而身边的累赘是笨重的……我要飞，但同时觉得，我要掉下来。"

这是她对自己的命运做的预测，实际上，她最初的出走就是试图飞起来，努力地飞，最后，还是掉下来。1942年，客死香港，年仅31岁。

萧红是个说不完的话题，她的作品和私人生活难以截然分开，而她的感情生活又引发人们无限遐想、无限猜度。有人说，她的才华源自磨难。她的一生是从异乡流浪到异乡，身体从一个男人流浪到另一个男人，似乎离开男人就不知道怎样活着。爱情是她的粮食，或者空气，没有爱情，就等于要了她的命，所以，她急于从遇见的人那里寻找爱情。但是，男人们最终还是从她身边躲开了。

最渴望爱情的人，往往得不到爱情。上帝夺走了爱情，却给了她才华。如果要她选择，我不知道她会选择哪个。但是，从一个女子的角度来看，我猜她会选择爱情。

萧红在临终前说：半生尽遭白眼冷遇……身先死，不甘，不甘。

我想这白眼冷遇多一半与爱情有关，一生没有爱情，不管是谁，都是难以弥补的憾事。

但是，仅有爱情就够了吗？

在遇见萧军的那一刻，两人迅速热恋，此时，萧红还怀着前任汪恩甲的孩子。纪念馆里一副巨大的油画引人驻足，身怀六甲的萧红满面忧愁地看着萧军，而后者，手持半张诗笺，以歆慕的眼光仰望着萧红，似乎问道：这诗是你写的？

一首诗就足以引发一场惊心动魄的热恋，这样的果敢，只有萧红这样一个北方的女儿才有的大胆。可是，短短几年，爱情就会褪色。萧军陷入另一场恋爱，萧红只能写下这样的诗篇：

昨夜他又写了一首诗
我也写了一首
他是写给了他的情人的
我是写给我悲哀的心的
带着颜色的情诗
一只一只都是写给她的
像三年前写给我的
也许情诗再过三年
他又写给另外一个姑娘！

短暂的热恋之后，就是漫长的冷漠和暴力，有人怀疑爱情的真实。其实，爱情的面孔本来就是善变的，只有没有实现的爱情才能地久天长。

生活里仅仅有爱情是不够的。

二萧的感情破裂之后，她重蹈覆辙，再一次怀着萧军的孩子和新恋人端木蕻良结婚。每次读到这里，我总是要停一下，想一想，揣想萧红的心境，难道，她忘记曾经的痛苦了吗？

只能说是个性使然，一个爱上爱情的女子，无法像普通人那样，把方方面面的问题考虑周全。与其说萧红爱上了某个人，不如说她爱上的就是爱情本身，不是离不开某个男人，而是不能没有爱情。

可是，过于纯粹的爱情，正如过于纯净的水，是有害无益的。过于纯粹的爱情也过于脆弱，不能经受一点点风波，在生活粗粝强大的重压下，脆弱的爱情能承担多少压力？

不久，她又一次失去爱情。

在爱情面前一错再错，终于使她倒下了。如果能对她的命运做一次重新设计，她将会修正哪些地方？盲目的恋爱，还是匆忙之间的决策？可是，当这些错误一一修正之后，她还是萧红吗？她还能写出那些灵动、自由的文字吗？

也许，她将是一个过着幸福热闹生活的庸常妇人，通达、随和，善于和生活讲和。不为难自己，也不为难别人，更没有经济压迫和流离失所。但是，没有了这些，也就没有了这个奇特异禀的生命。说到底，萧红和她的苦难在一起，正如苦难和她的才华在一起。

以前，读李白、杜甫的时候，我会感慨诗人一生的种种不如意，同情他们的遭际。可是，随着年龄渐长，我发现这个世界本身就是难以完满的，不完美成就了他们，萧红的苦难也成就了一个现代文学史上的洛神。

我不知道，假如人生可以选择，在苦难和才华之间，萧红将会如何选择。

仙鹤和秋天

谁能想到，在齐齐哈尔草原的深处，有那么一片芦苇荡，仙鹤居住在那里。

刚刚九月，在东北，已经是秋意深浓了，芦苇泛起了微微的黄，显露出憔悴之色，秋风过处，满耳瑟瑟，那是秋风刮过芦苇的声音。这个湿地可能地处偏僻，没有多少人来，即便有一些，也是匆匆忙忙照了相就走人，隔了芦苇荡，远远听见喧哗，听不真，反而越发感觉安静。风里断断续续飘来一个老婆婆略带不满的话：花了这么多钱，来看几只鸟，还不如我菜市场买两只大鹅炖着吃了呢！

可能是嫌钱花的不值当，一路唠唠叨叨的，嫌儿女们不会过日子。剩下的就是芦苇无边的喧哗和高高的太阳以及铺满整个秋野的阳光了。

我坐在长椅上，看那湖面的波光随风走，这是一处相当大的湿地，秋日里，白花花的太阳下，空无一物，闪着寒意的水面碎波起起伏伏，生生灭灭，永无止息。四周密密的芦苇扬起白花，在风里瑟瑟发出声响。

一只仙鹤从芦苇深处悠悠飞过，一声鹤唳，上闻青天。湛蓝的天空里，只有这一只仙鹤缓缓地飞过去，那一声鹤唳仿佛要划破秋天的寂静。四下里环视，除了我，没有一个人，我的心里充满了寂寞之美。

很多禽鸟羽色斑斓，美在颜色。而仙鹤美在形态，仙鹤的美是一种优雅之美。看那白衣飘飞多么像一个世外高人，长长的腿能在水上从容地举步，长长的脖颈可以弯曲为优美的弧线。这一切远胜于颜色之美。

我想起来，小时候在塔拉草原曾看见过仙鹤。那时候，我还上小学，一个雨天，上学路上，忽然看见一只湿淋淋的大鸟躲在深草丛里，一动不动，可能是受了伤。我害怕它飞走，也一动不敢动，呆呆地看它。只见它有着长长的脖子，长长的腿，我断定是一只仙鹤。怀着好奇的心，我试图走近，没想到它那么害怕我，一瘸一拐扎进密密的草丛深处。我没有丝毫想伤害它的意图，为什么它却那么怕我呢？

回家问父亲，父亲说肯定是秋日在迁徙途中受了伤。村子里的几个人闲来没事，就喜欢打猎，什么天鹅、大雁啦，都猎获过，都煮进了锅里。那只仙鹤恐怕就是被他们打坏了腿。

我才明白它为什么那么怕人。自那以后，再也没见过仙鹤，好像与它无缘，只在那些古典诗词里读它。不期然，却在千里之外再次相遇。

那一整天，我就坐在秋天的芦苇荡里，默默地看仙鹤，看它们悠悠地从我头上的蓝天飞过。隔了远远的距离，那飘逸的姿态越看越觉得美，美得与尘世决绝。

这个秋天，仙鹤是我最美的遇见。

行走湘赣

当我们行走于江河大地，不仅仅是为了看无边风光，知道那些未知的事情。对我来说，行走本身就是不断内审的姿态，在行走的路上，我们更加看清自己、了解自己，同时不断更新自己，让内心更加饱满、结实。

井冈山

陕北人初到井冈山，首先是惊异于那浓密的植被。同样是树，南方的树似乎绿得更瓷实，没有半点儿偷懒，疯狂地滋长。绿汪汪、恶狠狠、不给大地一点点抛头露面的机会。一路上难得看见红壤，偶尔闪过一星半点也显得那么夺目，倒成了万绿丛中一点娇艳的红。而回思陕北高原，那里的树似乎更疏朗、明亮一些，就像北方人的坦白豪迈，让人一眼洞穿肺腑。

井冈山是一个平静的小城，四围青山翠竹环绕。民居隐藏在密密的竹林里，隐隐露出一角飞檐或者一段雪白的墙。毛竹天生文雅，直溜溜的干，碧森森的叶，微风梳过，发出细碎的低语，使井冈山更加寂静。行走的人能听见自己的肺叶在一张一歙间，气流庞大而驳杂的轰鸣。

每一个到这里来的人都想寻觅或者印证，一段重大的历史事件总要留下深刻的痕迹。可是，天空平静，大地安稳。与别处没有什么不同，挑着担子卖菜的，毛竹扁担咯吱咯吱慢慢悠悠穿过马路，水灵灵的绿叶蔬菜一颤一颤地，似乎叶子上的露珠还没有干。背着竹篓的老阿婆经过我的面前，眼皮也没抬一下，就像眼前不存在这么个人似的。每天面对太多的外来者，他们已经见惯不惊了。

那些话

井冈山上发生的那些事情，足以撼动世界。可历史记住的永远是粗线条的轮廓，那些异常生动的细节却往往被忽略。

在一张旧照片上，我看见一段简陋的泥墙上刷写着标语“红军士兵准许说话开会”，觉得很是新鲜有趣。所谓说话，就是今天所谓的话语权。对于个体生命来说，“说话”的权利似乎不需要强调，如果格外强调出来，只能说，这个权利被剥夺了。我想起上古夏桀统治时期，残酷暴虐，民怨沸腾。害怕人民反抗，便不允许大家说话，熟人见了面，只好使个眼色，算是打招呼。几千年过去了，红军准许士兵在会议上开口说话，便意味着平等和尊重。这在长期被剥夺了话语权的穷苦百姓那里，无疑是具有极大吸引力的。即使在今天，“说话”也是一个人珍贵的权利，必须珍视和捍卫。

还有一段话，今天读来反觉得趣味横生。在一次战斗失败后，毛泽东给大伙儿做思想工作：“大家都是娘生的，敌人有两只脚，我们也有两只脚。贺龙同志两把菜刀起家，现在当军长，我们有两营人，还怕干不起来吗？！没有挫折和失败，就不会有成功！”生猛带劲，好像沾着露水的新叶。一点也没有理论气息，更不像后来的官样文章，长篇大套不知在说些什么。面对大字不识几个的底层工农，大讲理论恐怕大家早都四散逃走了。党的早期领导人中有不少人是马列主义专家，理论一套一套的，只有毛泽东自觉地走向土地，走向工农，用这样沾着泥土气息的话语给大家讲道理。我们还原现场，便能真切地感到伟人非凡之处。当年，毛泽东手下只有两营人，不过几百号人，却要立志解放全中国，搁到当时，咱能有那个信心吗？几乎是天方夜谭。可是这些吃着红米饭南瓜汤的人们，心里揣着的就是这样一个非凡的梦想。信心是梦想的灯塔，而毛泽东用他的话语点亮了穷苦人心里的灯。

她和他们

在井冈山，我看到了很多革命者的照片，其中有很多女性。这让我感到意外，80 年前，辛亥革命刚刚结束，中国农村实际上还是老样子。如果按照女性命定的生存路线，她们的一生是作为男子的影子，完成被忽略、被轻视的一生。对既定生存路线图的反抗，使这些女子成为另类，在历史中留下了瑰丽的痕迹。

印象最深刻的是曾志。在小井医院，灰色的泥墙上挂着一张年轻女人的照片，难以置信的是，这位摩登女郎居然是一位坚定的革命者。而她那美丽的脸似乎照亮了灰蒙蒙的暗室，直到今天仍觉风华绝代。

照片上的曾志，姿态优美自然，没有二三十年代老照片里女子们的拘谨木讷，发型和穿着就是今天看来也很舒服入时。我们普遍有一种错觉，认为参加革命的都是穷苦大众，为生活所逼才闹革命。其实，发生在 80 年前的这场革命中，有很多人出身于上层，曾志就是一个。这个本应该享受上流社会优裕生活的知识女性参加了革命，并嫁给了同样出身的夏明震。

井冈山时期，红军物资极端缺乏，为创立小井医院，身怀六甲的曾志和其他红军战士一样上山砍树，搬运木材，谁都想象不出富贵人家的娇小姐居然这样能吃苦耐劳。

在敌人的一次突然袭击中，小井医院100多名伤病员战士和护士被杀害。他们中没有一个做叛徒。我们站在他们的坟墓前，细细聆听那80年前曾经发生的事情，似乎能听到机枪的疯狂吼叫，那些成片倒下的身体就像被砍伐的竹林。讲解员讲完很久，我们仍默默肃立。在这里，我们似乎找到了我们血管里的血液的上游。大家将胸前的白花轻轻放在烈士墓前，有人悄悄擦去脸上的泪水，但没有人发出声响，生怕打扰了长眠于地母怀中的他们。

据不完全统计，在这片土地上牺牲的烈士竟有3万人，在纪念馆那一座座黑色的石碑前，密密麻麻的名字像一条条河流，我扬起脖颈小声地念那些陌生的名字，抚摸着镌刻在石头上的痕迹，一点一横一勾一画背后都有一个活生生的人，一张生动的脸，一段弯曲的人生路。我甚至能感觉到他们口中呼出的热气，掌心的温暖。然而在井冈山革命根据地斗争期间，那些牺牲的人绝大多数都没有留下姓名，让人无从追思。

有一块碑立在那里，不着一字。我想这是留给那些无名亡灵的位置。走过的人脚步轻轻，生怕惊扰那些安息的灵魂。

一队幼儿园的小孩子手牵着手，被老师领着来到烈士纪念馆前，他们和我一样，前来瞻仰烈士。扬起的一张张笑脸那么单纯明净，无邪的眼睛里流露出对一个陌生人的好奇，就像我对他们的好奇。我想，他们身上流着烈士的血，他们是这块土地上先烈血脉的下游。即使对他们，我仍投去充满敬意的目光。

北方读本

在中国雄鸡版图的腰窝，一个小小的单圈，那么单薄，无依无靠，上下左右四边都是沙漠，那就是额济纳。一个无比荒凉的地方，除了胡杨和蓝天，一无所有。

我想，并不是因为额济纳的胡杨和蓝天，陕北的秋天甚至更美，色彩更丰富，它最根本的吸引力是遥远。

远方，总让人产生一股莫名的思念。仿佛远方藏着梦想，藏着希望，当我们厌倦了眼皮下面庸常的生活，一个遥远的地方，就足以吸引人跋涉千山万水。

我做好一切准备，棉裤棉衣，足够的食物和水。

当车转入高速路，熟悉的城市越来越远，生活的庸常和烦琐也跟着渐渐远离，我觉得身体开始变得轻盈，那么多负累远远地甩在后面。我不再是那个朝九晚五的小职员，不再按着固定的轨道日复一日、年复一年地生活。不再是今天就知道明天的生活，甚至知道几点几刻在做什么。不再需要琢磨他人的脸色，绞尽脑汁地写干巴巴的材料。

那个叫作现实的东西渐渐离我而去。

到远方去，看看不知道的地方，看看不熟悉的人。

水水水

在穿越了黄土高原之后，毛乌素沙漠绵延不断的沙丘呈现出一种粗粝的陌生感。灰白色的大地，在太阳的照耀之下，反射着干涩的白光。少量的绿色植物一掠而过，因为稀少，让人有眼前一亮的喜悦。

一切全然陌生。短暂的兴奋之后，惶惑像一股潜流从心底暗暗渗出。高速公路平平展展，像一面无限延展的明镜，倒映着车影，空气在簌簌抖动。车辆高速位移，像一群鸟轻盈地飞翔，反光镜的光斑迅速移动，划出一道道美丽的弧光。高纬度地区的阳光似乎更刺眼一些。

贺兰山脉赭红色的岩石气势汹汹地撞过来，眼看要撞到鼻梁上，可是到底没有，似乎是擦着额头了，头皮上微微的刺痛。山脊起起伏伏，快速向后逃离。速度给人以兴奋感，类似一杯酒之后的微醺，一切有些不真实。

从公路标志牌显示的地名里，你可以捕捉到一些信息，比如，这一路的地名很多以“水”来命名，泉水子、海子、一眼泉、喊叫水。千万不要以为这里多水，正好相反，这样的地名在告诉人们，这里是个缺水的地方。正如穷人总喜欢起名：有财、富贵。

“喊叫水”多么焦渴的呼唤！水缺到了极度，我听见人们焦唇敝舌地喊叫着：水水水！

造物主就是这样的不公。半年前，我曾在西湖边久久伫立，看波光明灭，涟漪荡漾。天下的水怎么都到了那里！随手朝空中抓一把都可以将水汽握住。江南的植物因为水分充沛，长得肥大粗壮，张牙舞爪。满坑满谷都是蓊蓊郁郁的树木，放眼望去到处是绿，挥霍的绿，奢侈的绿。

可是，在腾格里沙漠，绿是多么稀缺、单薄，植物们都懂事，舍不得浪费水，把叶片长成了细刺，或者表面涂满了蜡质，骆驼刺和红柳细细弱弱，一副营养不良的样子。满眼白花花的石头、沙子，反射着太阳干巴巴的光。缺水的西部，焦渴的西部。

祁连山

祁连山渐渐出现在眼前，它气度威武庄严，苍灰色的天空下，含有一丝莫名的悲壮。这是一座东西走向的山脉，对面是腾格里沙漠，中间夹着狭长的河西走廊。我曾经无数次在梦里看见它钢蓝色的影子，山峰终年积雪，像是戴着一顶银光闪闪的王冠。可是，眼前的祁连山不见了银冠，山体的斑斑创伤随处可见，这是人类疯狂采掘遗留的痕迹。那些粗陋的建筑随随便便，歪歪斜斜，墙壁上涂满各式各样的广告，看得出，商业大潮同样淹没了这里。

我的童年是在祁连山下度过的，我觉得一个人的童年对性格的塑造最为深远。长大以后，所有的人生际遇都可以在童年找到蛛丝马迹，都可以追溯到童年那些极细小极渺远的事情上。人如果想看清自己，不妨先看清童年。

虽然无数次地在梦里看见祁连山，可是30年后，乍然相见，分外陌生。我不愿意接受眼前的呈现，那些昔日的美丽哪里去了？有点类似于同学聚会，想象中那20年前的红颜少年，劈面一见，都愣住了，他怎么竟变成了大腹便便、秃脑袋的中年人？她怎么变成了腰身粗壮、大嗓门的路人甲？

而别人也将我的名字叫错了。

祁连山不再是童年那令人遐思无边的山脉，也不是那超现实意味的钢蓝色。山顶的银冠不见了，裸裎的灰赭色岩石，几乎寸草不生，一副冷漠坚硬的模样。河西走廊的阳光尖锐而强烈，让人几乎睁不开眼睛。

路连接着路，仿佛永无止境，看风景的家人渐渐昏昏欲睡，一边是光秃秃的祁连山，一边是白花花的腾格里沙漠，有什么可看的呢？而地图上铜钱大的腾格里沙漠，真让人怀疑几乎走不出去了。

但是，高速路上的公里数告诉我，前方100公里就是家乡山丹马场。祁连山下亚洲最大的牧场。

草原

我无数次地跟别人描绘塔拉草原。一遍一遍，永不倦怠。不管我在车流拥堵的上班路上，还是在众声喧哗的聚会中，不管我在洗碗池前洗洗涮涮，还是在电脑前敲敲打打，心里都铺展着那一片绿，花开无人，雪落无声。离开塔拉草原30年了，但它一直铺展在心里，从未离开。

它给了我童年最无拘束的遐想，最自由的游荡，祁连山挡住了远方的世界，却让我更加渴望远方。

一个写作的人，有时候难免要想一想到底是为什么选择了这条细小的路。我想祁连山下这片草原的影响是最重要的，草原的绿，自由的风，开满野花的旷野，飞舞的蝴蝶，顿河河曲马旋风一样卷过山岗。油菜花铺天盖地，扯天扯地的金黄色映照着太阳，让人睁不开眼睛。这些事物印刻在脑海，也塑造着一个人的心灵，给了一个人唯美的心灵和浪漫的情怀。而这一切，只能将一个人推向艺术的怀抱。

近乡情怯的感觉油然而生，生怕家乡和祁连山一样，让我认不出来。然而，路渐渐崎岖，村庄渐渐稀少，我的心里有一种感觉，在这个飞速迈向所谓繁荣的时代，它却渐渐地凋敝，渐渐地被撇进旧时光里。

霍城

多么熟悉的名字，这是霍去病的城。相传霍去病北击匈奴，曾经驻扎于此，此地因而得名。多年后，当我站在茂陵霍去病墓前，看那马踏匈奴的石雕，回思童年的霍城，觉得这个曾经是奴隶的将军简直是个故人，亲切而自豪，这是家乡的霍去病啊！

霍去病北击匈奴的胜利，使得这片草原成为汉武帝的皇家牧马苑，汗血宝马就出自这里。它们在汉帝国一次次战争中立下过汗马功劳。可以这样说，汉帝国时期，中国版图的确定有汗血宝马的功劳。

昔日的霍城只是一片乌泱泱的低矮农舍，同学的奶奶住在这里。那一年，一个星期六的下午，她带我去找她的奶奶，低矮的农舍里挂了一面墙的奖状，那是同学的舅舅们的。老奶奶很为儿子们自豪，做了一锅白面条隆重招待我们。我有洁癖，嫌弃她指甲的黑垢，便装作肚子疼，老奶奶以为我是真疼，要给我吃止痛片。农村缺医少药的，止痛片是万能的灵丹妙药。送我们走出村口，还一个劲儿地叮咛，生怕我路上着凉，哪里知道一出村子，我的肚子痛就好了。后来我想，同学是了解我的，只是不愿揭穿而已。

还有另一个好朋友琴，上初中的时候，她每次回家都要给我拿半个“烧盒子”。本地一种小吃，类似锅盔。把面饼放在铁鏊子里上下两片旋紧，煨在烧着的马粪里，熟了以后，外面焦黄，里面香软，散发着草原特有的青草清香。她那巧手的妈妈在里面掺了酥油和香豆子粉，河西走廊的小麦本身生长期长，小麦的成熟度好，那烧盒子吃起来又香又甜。很久以来，记忆中的烧盒子超过我吃过的任何美味。那是家乡的味道，童年的味道。

三场是我们曾经的家，家门口正对着祁连山，山上有一块巨大的岩峰，晴日里，投下一块细长的黑影。记得一次我感冒了躺在炕上，百无聊赖起身看窗外，忽然问母亲，人家都有外婆，我的外婆呢？

母亲指着那块岩影说，那就是外婆，在路上走着哩。

我便盼望着从未见过的外婆，隔几天看看，那个黑影子还在路上，仿佛近了一些，隔几天再看看，那个黑影子还在路上，更近了。

30 年过去了，如今那块石头的黑影还在那里，微微的前倾，生动地呈现出一个人走路的姿态。而我从未见过面的外婆早已经下世。

母亲自打远嫁以后，再也没见过她。据说，外婆临终怎么也闭不上眼睛，口里念着母亲的小名。送终的舅舅们涕泪交流，没有办法。那个时候交通不便，信息不畅，兼之家庭负累太重，回一趟娘家简直不可想象。

光阴转眼流过，如今母亲已经白发苍苍，外婆的坟茔上荒草萋萋。而那个窗前的小女孩也成了母亲。

深秋寒凉的树荫里走出来几个人，仿佛是被时光遗忘了，依旧是从前的装扮，衣衫随意，脸上的皱纹更随意，一望而知生活的辛苦。

那个曾经是天堂一般浪漫而富足的牧场早已经不在。部队取消了骑兵，汗血宝马也就不需要了，连片的草原被开垦成农田，昔日草原上的人们开始以种地为生。

一切都变了。

那些昔日小伙伴的名字被提起，每一个都有自己的命运。在生活的名义下，四处奔波，辛苦而劳累。

那个在天堂里的家乡，被搁置到了繁荣的背后。望望夕阳下格外寂静荒芜的四野，我调转车头返程。

有些事物就让它永远地停留在记忆中吧，我不愿意让现实打败美好的记忆。

边城

张掖，是一个古雅的地名，因“张国臂掖，以通西域”而得名。丝绸之路上一颗美丽的结钮，河西走廊的咽喉地带。从汉代开始，张掖就成为一个重要的存在。这里的很多地名都和汉代有关，比如前面提到的霍城，还有比邻的酒泉。相传霍去病打了一个大胜仗，汉武帝得到捷报赏赐美酒一坛，可是将士众多不够喝。霍去病干脆把美酒倒进一眼甘泉中，大家大碗畅饮，有福同享。因而酒泉得名。

汉帝国时期的名城张掖，今天和内地城市相比，繁华程度毫不逊色。

我们进城的时候已经夜色深浓，华灯初放，大街上很热闹。卷发多髯的马可波罗的雕像伫立在广场中央，给这个城市增添了一丝异域的风味，想必是在向人们昭示他曾经到过这个丝绸之路上的明珠之城。

酒吧一条街，全部是仿欧式建筑，衣着时尚的男男女女衣香鬓影，人影往来穿梭，让人完全想不起来这里曾是一个烽火连天的边地。

如今，丝绸之路上那些汉唐帝国时期的沙漠驼队的命运，被高铁、高速公路彻底改写，一个个繁华的城市颠覆了荒漠戈壁的苦寒偏远。遥远这个词的含义需要重新定义，一个朝发夕至的地方，能算是遥远吗？汉武帝时期，张骞出使西域，一走 13 年，那才算是遥远。这么说来，遥远是个时间概念而非空间概念。

清晨，在张掖城里转悠，甘泉公园里，上了年纪的女性在跳广场舞，喧嚣吵闹中透露出和平年代丰衣足食的静好。

据说，大唐时期，武则天要称帝，大臣们担心牝鸡司晨，老百姓反对。武则天就到民间采风。半路上碰见一个白胡子老头儿，吃饱了饭，边走边拍着肚皮悠闲地哼唱，武则天便放心了。

回来以后，她对大臣说，皇帝是男人还是女人，并不重要，重要的是老百姓能过上好日子。

中国究竟是富裕还是贫困，不能简单的一言以蔽之，惊人的富裕和惊人的贫困同时存在，谁也掩盖不了谁，谁也遮蔽不了谁。张掖城里衣履光鲜的人们和塔拉草原那些为了生存而四处奔波的人同时存在。我想，这就是中国真实的模样。

公园一角，两个儒雅的老人在拉小提琴。《在那遥远的地方》明净的旋律回响在开满九月菊的秋天里。从老人的举动和衣着看，我猜想老人是 20 世纪中期来到张掖支边的知识分子，现在儿女都在本地成家立业了，也就不回内地的大城市里了。

在我从小生活的塔拉草原，就有很多这样的知识青年。你永远想不出来一个来自大城市的老师，对于一群蒙昧的孩子有多么大的影响力。来自上海的老师会弹琴，每天上音乐课，老师就会弹着一部脚踏风琴教我们唱歌。她的皮肤很白，手指纤长，教我们要爱干净，每天上学前，要把脸和手洗得干干净净。我怎么洗也没法将皮肤洗得和老师一样白净，曾经暗自猜测，不明白她怎么就那么白。那白净的脸皮、白净的手至今在我的记忆里闪着耀眼的光。

三年级的时候，上海老师给了我一本书《张骞出使西域》。这本书打开了一个孩子的眼界，原来，世界并不是只有草原那么大，祁连山外面还有一个更为辽阔的世界。遥远的地方，遥远的人，无穷无尽的远方激发了孩子对于世界的向往。上海老师说，你们要想看世界，就要好好读书哦。

我想，那两个拉小提琴的老人也许就是同我的老师一样的支边知识青年吧。这些当初意气风发的年轻人将青春付与了边城，给了边城的孩子智慧的启蒙，也带来知识和技术，他们的功勋不能忘记。

巴丹吉林

进入巴丹吉林沙漠，我们都有点儿兴奋，这个地方的知名度很高。

沙漠、戈壁连绵不绝，连当初的骆驼刺也没有了。巴丹吉林沙漠和陕北以北的毛乌素沙漠一比，完全是两个世界，毛乌素沙漠虽然号称沙漠，却已经基本完成了固沙，一路所见红柳和毛头柳织成一个个方正的网格，好像手拉手的卫士，死死看守着不肯安分下来的沙丘。各种草本植物已然将沙漠覆盖，可以说植物基本上把沙漠锁定，土地沙化基本得到控制。

但是巴丹吉林沙漠却是完全意义上的沙漠，干巴巴，白花花，就连偶尔遇见的芨芨草也是白花花的，让人想起岑参的那句“北风卷地白草折，胡天八月即飞雪”。那芨芨草就是诗人笔下的白草。过了千年，白草还是昔年模样，干巴巴的白，倔强的白。

我们的车奋力地在沙漠里驰行，越走越觉得遥远，那个额济纳是在天边吗？沙漠里除了沙子和石子，一无所有。女儿几次问道，这里的人们吃什么呀？没有水怎么活下去呀？

城里的孩子以为水是从自来水管子里流出来的，粮食是从超市里买来的。浩大世界的真相令他们吃惊而无助。他们无法想象，在苦寒的边地，人们活下去要付出怎样的努力和奋斗。

那些曾经从这片沙漠里走过的人们一个个渐渐清晰起来。张骞、玄奘、法显、鸠摩罗什。对了，还有王维，几乎每个小孩都会念“大漠孤烟直，长河落日圆”。这是诗人王维在赶赴边地慰问将士的途中所作。这死寂的大漠，因为诗人的妙笔而显现出苍凉的美，诗意的美。

不难想象1000年前在长安城里混得不怎么好的王维，一个人远赴边地时的寂寥和失意，在朝廷里得不到重用，才会派这些吃力不讨好的苦差事。我的车时速140公里仍然感到走不出巴丹吉林，王维是一个人一辆马车，究竟是怎样泅过沙海的呢？

也许，缓慢的马车反而让诗人的心静下来，官场失意之后，一颗清冷的心反而能捕捉到诗意。他们说“文章憎命达”，在得失之间，我不知道王维更愿意将天平倾向哪一头。

额济纳

天色渐渐显示出黄昏的意味，又大又圆的太阳与地平线就要相切时分，公路指示牌上终于出现了“额济纳”三个字。

瞬间，我有一种走失多年回到人间的感觉，沙海中的奔跑终于到了终点。

当额济纳旗的轮廓出现在天穹下，我觉得那是最好看的一道风景，那是活色生香的人间，那里有热腾腾的生活！

我们的房东是个和气的本地人，当他打开房门时，我有些小惊讶，多么漂亮的房间！简约而高雅，温馨而适宜。和内地家庭的装修相比，一点儿也不逊色。

房东很健谈，告诉我们，他们一家是汉人，多年前，响应国家政策从内地来的，一边说，一边给我们交代钥匙、水电等事宜。房东的妻子话很少，但是眼睛里透着精明劲儿，我猜家里真正的一把手应该是她。果然，她说本来这个房子刚装好，舍不得出租，但是，既然女儿已经跟我们说了，那就只好租给我们了。言语里意思丰富，我们赶忙表示感谢。其实，房费不低，一晚 1000 元。他们的女儿今年刚上高中，趁着这几天全国各地的人都来看胡杨，打算在景区里摆个摊卖哈密瓜，挣个手机钱。女孩子忸怩地一笑，躲着母亲身后，一句话也不言传。

当年，张艺谋拍了一部电影《英雄》，里面有一段两个武侠丽人厮杀的场面，背景就是额济纳的蓝天和胡杨。张艺谋说，也许多年以后，人们忘记了这部电影，但是不会忘记这个画面。

一部电影成就了额济纳。每年十月，当胡杨的额叶子黄了，大家穿越河西走廊和巴丹吉林沙漠，千里迢迢来看胡杨那一片金灿灿的美。

额济纳这几年经济发展甚为迅速，扩建的新城宽阔大气，刚修好的体育馆造型既大方简约又具有现代感，比起我们居住的城市中的体育馆那傻笨粗拙的模样，简直是云泥之判。虽然这几天全国各地的车辆蜂拥而至，但是宽阔的大街毫无堵塞的可能。在这里开车，心情灿烂如金黄的胡杨林。我放在后备厢里的大衣、棉袄，以及水和食物完全没有发挥作用。这里什么也不缺，超市里应有尽有，就连暮色的广播里也放着京剧折子戏，如果不是街道上蒙文的提醒，几乎让人忘记这里是边境地区。

一方水土养一方人，同样可以用在植物上。陕北田间道旁的杨树，身材颀长，站姿挺拔，像一列士兵站岗放哨。而沙漠里的胡杨，因为极度缺水，用尽了办法来适应环境，树姿奇形怪状，或扭曲向上，或匍匐倒地，那些死去的胡杨好似经历了一场惨烈的战争，样子极为狰狞可怖。

一棵合抱粗的胡杨树，浑身披挂着仿佛金箔裁剪的树叶，在阳光下熠熠生辉，华贵雍容样貌让人联想起昔日居延海的匈奴王。可是，近前细看，胡杨的叶子似乎有些异样，底部的叶子如柳叶般细长而密，树颠的叶子如铜钱一般，疏疏落落。摸一摸，硬硬的，蜡质的手感。

在极度缺水的额济纳，为了活下去，它不得不作出改变，将叶面缩小，蜡质的表面可以最大限度地减少水分的蒸发量，保证节省每一滴水。

每一棵胡杨的生命都是一段含着血泪的奋斗史。

那些千里路上来看胡杨的人，是否在领略美景的时刻，悟到生命的贵重？

居延海

夏天，祁连山的冰雪融水一路蜿蜒北流，汇成一条小溪。最初，它的小名叫作山丹河。别看它小，这是一条倔强的河流，不肯随大流朝东投奔大海，却一头扎向西北的巴丹吉林。

顺着河西走廊狭长的地带，一路蜿蜒迤逦流到张掖，在这里，人们称它为黑河。黑河滋养了张掖，是张掖的母亲河，使得它成为沙漠戈壁深处的一块肥美绿洲。

很久以来，我一直纳闷它为什么叫黑河。记得有人说，可能是因为水面幽深呈黑色而得名。不管怎么说，这是一个难听的名字。还好，流到巴丹吉林沙漠，人们终于给它起了一个诗意的名字：弱水。

其实，弱水只是言说水流的细小。据《山海经》记载，水流细弱不能载鹅毛。连一片羽毛也漂不住，可见河流的细小。可是，这倔强而细小的河流竟然创造了一个奇迹，千百年来，它的水流汇聚成了居延海。一个沙漠中的内陆海。

你永远都想不到，在居延海，我碰到了老子。

没错，《道德经》的老子。

和所有的圣贤一样，老子一生寂寞。西过函谷关时，他遇见了尹喜，感后者礼遇而著《道德经》。当我们回望来处，中国人的思想遗传基因里，都有着《道德经》给予我们的营养分子。今天，老子的思想还在深刻地影响着中国人，成为中国人思想智慧的重要资源。

可是，过了函谷关，骑着青牛的老子去了哪里？没有人知道。司马迁说他不知所终。

很多次在阅读《史记》的时候，都没有在这句话上停留。我认为这是一个不值得探究的问题。反正他不可能和普通人一样，儿孙满堂，寿终正寝，老死自家炕头。那样的话，他也就不是老子，而是一个有福气的寻常老头儿了。

对一个思想家来说，他的思想的存在，就等于他的存在。对于中国人来说，老子是永在的。而死亡，仅仅指的是身体的不在场。

那天，风很大，含着一股强劲的力，吹得人都站不稳。可是，这风却吹不动居延海里的水，浩大的水面只是泛起细碎的波纹，太阳的尖锐的光，在慢悠悠的波纹里一闪一闪的，耀眼而不真实。我想起曾经看到的西湖，西湖的波纹从来没有这样从容，太阳光也没有这么尖锐。

在浩大的居延海旁边，老子骑着那头著名的青牛，仿佛在慢悠悠地行走。我觉得很奇怪，居延海远离中原大地，自古以来，就是化外之地，而“居延”一词本身就是匈奴语，大致意思是“流动的沙漠”，那么，老子怎么会混迹于匈奴人中间？

该不会是又一处人造景观吧？这几年，兴起来一个调调，叫作“文化搭台，经济唱戏”。文化俨然一个丫鬟，要服务陪衬经济这个主角。为了招徕顾客，各地纷纷借着文化的名义生捏硬造，一会儿孙悟空的故居横空出世，一会儿猪八戒的坟墓被找到，各样闹剧无非奔着一个钱字。

难道又是一出幽默剧？

可是，《甘州府志》上说得明明白白：“老子出函谷关，入流沙不知所终。”流沙就是古代的居延海一带。

对老子这样一个充满了探究精神的人来说，出了函谷关，地平线还在远方。远方，对他来说，同样充满了诱惑。于是，他只能选择不停地走，西出大散关，溯渭河而上，翻过陇山，远方永无尽头，远方之外还有远方，他只能不停地行走。直到黑河流域，直到顺着黑河进入巴丹吉林沙漠。

至今，本地流传着很多关于他的传说，看来并非空穴来风。

我为自己的偏狭感到汗颜，在我的观念里，居延海太偏远了，远离中原大地，夷狄杂居，尚未开化，老子不可能来这里。

可是，什么是偏远呢？谁又是中心呢？

想起一个笑话，说两个老头子圪蹴在地头聊天，一人说：北京可好啦，要甚有甚。另一人低头嘬着烟袋说：好是好，就是太偏远了。

在上古时期的《山海经》里，就有关于弱水的传说，说大禹为了让弱水流入沙漠地带，置措合黎山于东，使得居延海一带鸟飞鱼跃，水草丰茂，羊肥马壮，人民安康。

可见，没有发达的交通工具，古人却比我们走得更远，视野更为开阔，没有偏狭的中心论、正统论。对世界的每一处都充满了好奇心。

面对波光水色的居延海，我特意在骑着青牛的老子面前照了一张相，就像和一个老熟人见了面，打了一声招呼。

提高现代文阅读和写作成绩的金钥匙

高安侠作品
现代文阅读试题详解

草原野花

当我的双脚踏在草地上，目光所及是无边的辽阔与平静，哪里都不是路，但哪里都可以走，哪里都不是床，但哪里都可以躺。规矩惯了的人，到了这里往往会感到茫然，像在鸟笼里关久了的鸟，即使你把整个天空给它，它也不知道该怎么飞翔。

面对蓝天、白云、绿草，我像个孩子打开了一本奇妙的书，但是什么也看不懂，只好静下心来，品读草原上盛开的野花。

野花虽然细小，可是每一朵都那么骄傲地仰着笑脸，没有任何一朵花因为嫌自己不够美丽而自卑得拒绝开放。淡紫的摇对对花，浅黄的蒿娥，绯红的野菊花……通通肆意而奢侈地开着，理直气壮地开着，它们都坚信自己是最美的。

一路上到处都是花，大片大片燃烧着的野花排山倒海般呼啸而来，就像一个人把一生的热情全给了这个季节。

我在草原腹地眺望远方，前面缓坡上浮起一层紫色的雾，诗意而忧郁。走近才看清，那里开满了紫色的野花。这不知名的野花每一朵都是由无数细小如米粒的花聚合而成，整件像一个紫色绒球，不出众但可爱。

我折了一枝下来，插在我的手提袋上作为装饰。过了一天，到晚上收拾行李时，这小绒球竟然丝毫不见衰颓模样。过了一夜起来，花还是和昨天一模一样。我忍不住拿起来仔细端详：每一朵米粒大小的花仍然倔强地绽开着。

一连四天，我一直带着它旅行。那淡淡的紫色一点一点地消失，但形状还是一点儿也没有变，细小如笔尖的花瓣还是充满期待地张开着，希冀与蝴蝶、蜜蜂有一次邂逅。

我终于意识到，我犯了一个错误。我如此轻易地折下它，使它离开了属于自己的那片草场。尽管它枯萎得那么慢，那么不甘心，可还是失去了传播花粉、孕育种子、繁衍后代的机会。

我以爱的名义占有了它，却也毁了它。

（摘自《面对草原》）

1. 写出下列词语的近义词。

倔强——(　　)　端详——(　　)　眺望——(　　)

2. 用“　　”在文中标出描写野花自由绽放的句子。

3. 品读文中画线的句子，写一写自己的感受。

4. 你对文中“我以爱的名义占有了它，却也毁了它”这句话是怎样理解的？

5. 你的身边有乱折鲜花的人吗？你会怎样对他们说？

参考答案：

1. 执拗　打量　遥望

2. 野花虽然细小，可是每一朵都那么骄傲地仰着笑脸，没有任何一朵花因为嫌自己不够美丽而拒绝开放。淡紫的摇对对花，浅黄的蒿娥，绯红的野菊……通通肆意而奢侈地开着，理直气壮地开着，它们都坚信自己是最美的。

3. 这句话写出了野花顽强的生命力，以及对生命的无限渴望。

4. 对待真爱，我们要学会放手，学会尊重，学会珍惜。

5. 提示：用通顺的语言写出自己内心真实的想法即可。

古渡甸的黄河

八月的一天，仿佛是应了一种神秘的召唤，我突然决定去看黄河。不为什么，仅仅就是想去看看，好像游子回老家看一看埋自己胎衣的地方那样。

我所居住的县城离黄河很近，只有70公里。罗子山乡就在黄河岸边。发往那里的班车最早是清晨7点钟开，由于山路崎岖，估计得中午才能到达。

同车的多是乡间的普通村民，男人身上咸腥的汗味，劣质香烟的辛辣，女人粗糙的面孔，玉米茬子一样的乱发，怀里吃奶的孩子以及浓重的方言，各人嘴里呼出的气味组成了一个破旧中巴车内的基本容量。

在陕北的群山沟壑间，零星地散落着一个个小村庄，一条简易公路把它们串联起来，就像一条蜿蜒爬行的藤上长着的几片叶子。村庄里多半是破败的院墙，被遗弃的大张着口的土窑洞，我猜想它们的主人已经流浪到了城市的边缘，以蹬三轮车做苦力或干别的什么为生。

不了解农村的人将古典田园诗当作解读农村的钥匙，当他亲眼看见农村的真实面孔，就会彻底失落，从心底里升起难言的惆怅。

班车到了终点站罗子山乡。本乡有一座石头山，外形酷似一只箩，所以起名为箩子山，久而久之简化为罗子山。这里的地貌和陕北其他地方有一些区别，以塬为主，四边陡峭，顶上平坦。全然与别处峰峦高耸、给人坐井观天之感不同。

在这个似乎与世界失去了联络的地方，前面的路我只能用脚去丈量了，今天赶黑我要翻过一个崾险到古渡甸。

我身背行囊的装束显然引起了小镇乡民的注意，他们纷纷向我投来一种关注、好奇又淡漠的目光。我走进街角一家小饭馆，正在大声聊天的几个汉子立即住了嘴。我知道他们注意到了我，虽然我目不斜视。我甚至能感觉到他们的目光像审判官似的在一一拷问我的太阳镜、牛仔短裙和旅行包。在城里再普通不过的我，到了这里变成了一个异类。难怪他们的目光里有那么多不欢迎的成分。

这个乡村的小饭馆自然做不出什么可口的东西。不过对我而言，一杯茶水、一碗汤面就足够了，毕竟人在旅途。

隔桌的汉子们在讨论山西和内蒙古的羊皮羊绒价钱。别小看这些面目黧黑、举止粗放的羊皮羊绒贩子们，他们的腰包里有的是钱。在农村，他们被称为“有本事的”，故而他们说话的声音也就分外响亮些，连打喷嚏也分外铿锵。

吃完饭，我又上路了。夏天，阳光强烈，山川静穆，塬上郁郁葱葱的玉米、糜子像墨绿色栽绒毯似的，厚墩墩的。极目四望，长势茂盛的庄稼在阳光下发荣滋长，绿得凶神恶煞。一小块一小块庄稼地错落有致，随意而富有韵律感地排列着，深绿、浅绿、黄绿，像才气纵横的画家的即兴涂抹，你不知道为什么这样，但你知道这样很美。

八月的乡村寂静得能听见远处村落鸡鸣狗叫的声音。近处草丛里蚱蜢、蝈蝈和着高柳上的蝉在大声合唱，挥霍着只有一个夏日的生命。耳边如此热闹，可是心里觉得还是静。

盛夏时节的黄土高原多像一个丰腴美丽而寂寞的女人。

在湛蓝的天和碧绿的田野之间，我独自走在通向黄河岸边的羊肠小道上。走得又累又渴，忍不住向一个牧羊人打听，他说“快了”。按我的经验，实际上还早着呢。本地的农民都是这样，没有具体的时间和空间概念，十里也说“快了”，五里也说“快了”，只有真的快到了，他们才一扬下巴，挥起放羊铲一指，“唔，不是？”

下午6点钟光景，我到了古渡甸，这是黄河岸边一个古老而又破旧的小村庄，过去是个渡口。它的名字相当儒雅，让人无端联想到落日余晖，古老的渡口，两岸芳草如甸，躺在木船上小憩的艄公……这几乎是一幅画了，这个小村庄就这么诗意而清冷地沉睡在黄河的臂弯里，宁静而恬淡，像祖母怀里熟睡的婴儿。我猜想，这名字一定是某个读书人所起。

我没费多大劲就找到了我的朋友的大姨家，他们听了我的介绍，便热情地招呼我到窑里。端上来的水是糖水，晚饭是鸡蛋面，这是农村待客的饭。厚道淳朴的农民虽然穷点儿但是相当好客，反复苦劝“多吃点”“就跟在家里一样”。习惯了冷漠的我，颇有些不自在，但心里热乎乎的。

我朋友的姨夫把我引到偏窑，让我参观他的粮囤，满囤满囤的玉米、绿豆、豇豆，都是放了两年以上的陈粮，问他为什么不卖，他神色黯然地摇摇头说：“换不下钱。”我从闲聊中得知，他家里有两个孩子，都在念中学。我完全理解一个除过种地，再没有其他来钱路子的农民供养学生念书的艰辛，我的许多农村亲戚也都是这种状况。而在南方，更多的农民后代已经选择了弃学打工，流浪在城市中充当城市人口的候补梯队。

早上醒来，已是日上三竿，一夜黑甜，连个梦都没有来得及做。朋友的大姨直到我洗漱好，才过来招呼我吃早饭，蒸馍就盐干菜。她跟我说，这麦面是夜来黑喽（昨天夜里）赶着磨下的新麦面。我咬一口朴素的白面馍，感觉那滋味真的很好，绵软而有弹性，慢慢咀嚼，不知不觉嘴里就充满了清淡的香甜。从前吃白面馍可是从没吃出这么好的味道，也许平时三心二意狼吞虎咽，也许其他美味遮盖了它需要耐心品味的香甜。

这个荒僻的村庄从民国时期到新中国成立初期出过不少人才。本地乡俗以读书为荣，谁家孩子如果考上中技（中专）或是大学，不仅家里人高兴，一村子都跟着荣耀。往往在孩子离家上学时，东家西家送钱送物表示祝贺，临出门整个村庄的人前往送行。我的一位朋友就曾享受过这种最高规格的待遇。

近年来，邻近的下西渠村又出了一个名人，民办教师王思明。他白手起家，靠发动学生勤工俭学，培养了一大批农村孩子。他曾多次到北京、省城作报告，前几年中央电视台还给他拍过一个电视剧。

可见，在地老天荒的黄河岸边，人文气息相当浓郁，人们对知识近乎天然的渴望，一点不比别处逊色。

我在村子西头站了一会儿，古渡甸的庄稼地都在塬上，一小块一小块平平整整，我注意到远处有一棵高大的柏树，单个矗立在那里，也许因为孤独反倒使它无拘无束，长得枝叶茂密，全然不像西双版纳热带雨林中的那些树，它们跟城里人似的挤挤挨挨，你倾我轧地争夺着阳光和空间。高原上的热风吹过，不见那棵柏树动一动，我疑心它是铜枝铁干了。

再美的风光也只是路过，身为过客，我不会为它们停留，我又出发了，向着黄河。

站在高崖俯瞰，感觉黄河浑浊而轻盈，如一练飘带一路迤逦流过，那么从容闲散。几乎看不见什么大浪，矜持而尊贵地流淌。与想象完全两样。

这就是黄河了，平缓，宽阔，了无隐瞒，坦坦荡荡却还是让人感觉一无所知，就像初读《圣经》，所有的故事都很简单直白，但合上书你会感觉你什么也没懂，因为任何一句简单的话都足以让你耗费几年光阴，在生活的摔打中体验彻悟。

我至今仍记得那些话："你只看见你的兄弟眼中有刺，却看不见你自己眼中的梁木。"

"你们谁没有罪，谁就可以打她。"

有时候，彻悟简单的一句话足以改变一个人的一生。

此时，面对自以为熟稔实际上一无所知的黄河，我的心里一片茫然，原来臆想中的万分激动也好像没有如期而至。我也奇怪自己怎么一点儿也不激动，只是迷茫。面对黄河，所有有关黄河的文字如此肤浅，只是表象上的描述，谁也不明白它究竟是什么。

我曾在下游的濮阳看过黄河，那里泥沙把河床抬高，已完全变成了地上河，漫得宽阔无比，也黏稠无比，一只水鸟掠水而过，细细的腿上立即沾满了褐黄色的泥浆。而壶口的黄河真像万千怒狮聚会，巨吼震天，仿佛是从地壳深处发出，站在岸边让人觉得随时随地都有天崩地裂的可能。

此刻，我只是站在一段没有什么名气，也少有人来过的岸边。这里的黄河属于乡村，多像一个随遇而安的祖母。

河水平静地、寓言似的流淌，两岸裸岩壁立，犹如劈凿而成。黄土高原的山山峁峁都是绵软的黄土堆积而成。长期雨水冲刷，水土流失又形成了千沟万壑，唯独这秦晋大峡谷是粗砺的石头山。传说，上古时期，世界爆发了一场洪水，大水吃掉了生灵无数。天帝派鲧治水，鲧窃来“息壤”治洪，结果触怒天帝，杀鲧于羽山。鲧死后腹中产下儿子禹，禹改阻洪为疏导。用斧劈开巨岩使大水有路可走，最后向东注入海洋，从而免于使华夏大地变为泽国。秦晋大峡谷据说是大禹用巨斧劈开的。

这个古老的、已荒废了的渡口没有想象中的老艄公和木船，有的只是不息的河流，那人、那船哪里去了呢？隐没在哪一段历史中去了呢？

对岸隐隐约约有一群羊，自由散漫地点缀于山坳、坡谷间。那边是山西的大宁县，和这边的古渡甸一样。乡村都是同样的，孤独而寂寞地被遗弃于现代社会之外。但遗弃也是相互的，乡村同时也把纷乱的城市遗弃了。乡村与城市就这样相互隔膜、相互漠视地对峙着。我知道，迟早有一天乡村会被城市吸纳，但现在我很高兴它们还倔强地存在着，还有一群人以另外一种生活方式生活着。

黄河岸边的古渡甸人依然是日出而作，日落而息。留守土地的农夫还是用早在千年前敦煌壁画上就曾出现过的曲辕犁耕地，打场还是用碌碡和连枷。难以想象，这里离脏乱拥挤却生气勃勃的县城只有70多公里，感觉好像两个世界。这个村庄相当凋敝，能离开的人都离开了，许多看上去很新的窑洞铁锁把门，院子里蒿草疯长，一片阴森森的青碧色。

在这个被现代文明遗弃的世界，村民出奇地礼貌，只要路遇，不管长幼主动跟你打招呼，并且热情地邀你到家里坐一坐。我经常感动于这种真诚，也许乡间太寂静，才使人对人产生了如此真诚的热情，而城里那矫饰的热情、虚假的笑脸反而使人关闭了心灵，趋向于冷漠。无论什么东西，只要掺了假，就会败坏胃口，却绝对不可能蒙蔽眼睛。

太阳慢慢下去了，天空不知何时布满了晚霞，空灵透亮，连空气也成了金色，苍山黛岩点染了金色光晕，有一种不可言说的感觉，遥远而又切近，真实而又虚幻。

暮色一层一层暗下来，我坐在乡村的场院里，看着黑夜一步一步降临，直到深蓝的天空缀满晶莹的星星，如此干净深邃。我已经有许多年没这样迫近地看星星了。

记不清从哪一天起我疏远了它们，沉溺在城市霓虹灯俗气的艳丽之中。世上真正打动人的是最朴素的东西，比如星空，比如我们的思想。我相信最初的哲学家一定是在仰望星空时诞生了他的思想。

盛夏时节，入夜犹凉，我问女主人，顺黄河岸边往南走会到哪里，她说：“天尽头。”

天尽头——好一个苍凉的去处。虽然近在咫尺，只有5里路，但我没打算去，既然是天尽头，那就让它存在于不可到达的地方，继续它的神秘与遥远吧。

第二天，我收拾行囊回头远眺黄河，怀着淡淡的忧伤，背转了身体。

1.“不了解农村的人将古典田园诗当作解读农村的钥匙，当他亲眼看见农村的真实面孔，就会彻底失落，从心底里升起难言的惆怅。”这句话应该如何理解？

2.作者是如何理解“古渡甸”这个名字的由来的？

3.为什么说“习惯了冷漠的我”？

4.简单谈谈自己对“再美的风光也只是路过”的理解或者感想。

5.文章中有多处环境描写，请找出你最有感触的一处，进行赏析。

参考答案：

1.今天，农村已经不可避免地凋敝，古代田园诗里的那种情景再也不会出现，在日益加速的城市化进程中，这种衰落无法阻挡，我们的乡愁将无处安放。

2.古代黄河边的一个渡口，那里绿草如茵，十分美丽安静。

3.在城市里，冷漠是人际关系的一个重要特征，我们与他人彼此不关心，咫尺天涯。

4. 对一个旅行的人来说，一路风尘只为领略美、欣赏美，我们旅行的意义在于了解这个世界上多姿多彩的美。

5. 略

温暖与照亮

每一次路过延安七里铺，总是不由地看那座小楼，看了又看。很多年了，它还在那里。

它有个好听的名字“文艺之家”。

在这淡黄色的小楼里，收藏着我生命中的10个月。那是一段闪亮的日子，饱满而结实。一并收藏的，还有那些回响在楼道里的跫音，那是写作者来访；还有那些愉快的谈话，那些笑声；那些窗外咕咕细语的鸽子；那些在昏黄的电灯下阅读过的稿件；那些从窗外射进来的阳光，以及漂游其中的细尘。

记得第一次上这座小楼，是在一个暑假。我领着3岁的孩子。

小楼五层是《延安文学》杂志社，主编是曹谷溪。

诗人曹谷溪，他的名字在很多人那里辗转传说。诗人，多么优美的词汇。

也许别人认识他很容易，但是对我来说，认识他是很不容易的。

在陕北，曹谷溪是文学的代言人。那时，觉得他和文学在另一个世界，非常遥远，与我生活的石油小城没有交集。

那一天，当我走进这座小楼里，脚步轻轻，四周一片安静。孩子却毫无顾忌地开始咿呀唱歌，我连忙制止她，可是她反而尖叫了一声，我吓了一跳，使劲乖哄，这才让她住了口。

五楼的楼梯口挂着陈忠实的一幅书法作品“文学依然神圣”。立刻感到一种强大的气场扑面而来，皮肤微微刺痛，似乎无数小针扎着。暑热的天气，我忍不住打了一个寒战。

曹老师身穿白衬衫背带裤，诗人气质，待人很和气，毫不拿架子。他说看过我寄来的作品，很好的，但很稚嫩。我想不到他居然表扬我，有些吃惊。

其实，在决定来访之前我无数次想象过：他拿起我的文稿，也许会哧地笑出来，说“这也叫文章？”或者“你不适合写作！”那么，我将会立刻放下手中的笔，与写作告别。

和我的臆想完全不同，我的心这才稍稍平静下来。

屋子里还有一个女孩，我们坐在沙发上很认真地听，我注意到，他的鬓角已然挂着星星点点的霜雪。他坐在宽大的椅子里，转过身，逆光，看不清脸，认真地对我们说：“文学需要热爱，就像爱自己的恋人一样。你想象一下，一个小伙子看见自己的恋人在山峁上站着，他从陡峭的山路往上攀爬，希望能与她见面，尽管爬山爬得满头大汗，你说他感觉到的是累吗？不是，是幸福！”

说着，他激动了，站起来，身体挡住了窗外射进来的阳光，屋子里一暗。旁边的年轻姑娘，忽闪着美丽的大眼睛，说：“我懂了，曹老师，我回家去好好写呀。”

而我，什么也没有说。

以后的日子里，每天晚上孩子睡熟以后，我都在灯下写作。

青春便不再荒凉，每一天居然有了暖意。

他的那番话仿佛点亮了一盏心灯，很久以来，每次我感到看不见前途，不想再坚持，想要放弃的时候，那盏灯就会亮起来，小火苗倔强地一闪一闪。

因为一件公事，曹老师来到我的石油小城，对我说，希望我能想办法请个长假，来延安文学杂志社学习。这句话对我来讲好似纶音佛语，一时以为是听错了。

我早就知道那座小楼被誉为陕北文学界的"黄埔军校"，许多业余写作者都是从那里走上了文学道路。于是，费尽了周折，2002年3月，我请假来到小楼，开始了10个月的学习。

记忆里，曹老师总喜欢坐在他那宽大的椅子里，一边叼着烟斗，一边和我们聊天。窗子外的阳光，正好打在他的背上，给他镶了一个金色的轮廓，烟斗一明一灭，不时腾起烟雾，隔着烟看不清脸，但那些话却异常清晰地印刻在脑子里。

有一次他讲笑话："两只狮子领着一个小狮子在草地上散步，碰见了一头母猪领着一窝小猪娃。母猪便嘲笑狮子：看，你们两个才领着一个，而我，领着一窝。狮子叹口气：我的固然很少，可这是狮子啊！"

他讲话慢慢的，自己不笑，却逗得大家哈哈大笑。过了一段，忽然悟出他的意思，其实，他想告诉我们，写作要有精品意识，作品不在于多而在于精。

他很少讲抽象的理论，但在轻松的谈话里，不经意间，总会让你悟出写作的道理。

中午大家一起吃饭，我们喜欢吃辣椒，他便讲怎么做油炸辣子：买新鲜的大葱，把葱胡子连根切下，洗净，晒干，然后切成细末，掺和在干辣椒面里，再加一点盐，烧红的油一泼，那个香呀，直冲脑门。尝一尝，那个味道啧啧啧。

讲完了，看见我们愣愣的，便大腿一拍，恨铁不成钢地说：“娃娃们，我是给你们提供素材呢，将来你们写小说什么的，说不定能用得上！”大家相互看看，嘿嘿地笑。

多年以后，这些话没有用在小说里，却使我悟到什么是“细节”。初学写作，往往热衷于宏大叙事却忽略了细节的营造，作品的架子搭得十足却难免简单粗陋。其实，细节往往支撑着作品，决定着作品的质地。我说给他听，他叼着烟斗，慢慢地说：对嘛，就是这个意思。

他总是在不经意间给我们讲写作的道理，可惜有很多时候，在我们没心没肺的笑声里，那些有价值的东西便被忽略了。

十个月的学习对我来说非常难得。大量阅读来稿开阔了我的眼界，使我悟到文学的多样性以及个性写作的必要，从而建立了自己的文学自信。在他的关照下，我的第一本书《弱水三千》出版。虽然稚拙但敝帚自珍，格外珍惜。

如今，曹老师已经白发斑斑，年过七旬，但温厚慈祥，儒雅热情，与众多的老人完全不同。看到他，会由衷地感到文学对人的滋养。关于他，随着一步一步的走近，逐渐了解到，当年他也是一个文学青年，靠着不懈的努力，从小山沟里走向自己的文学殿堂。

他不只一次地跟我们讲起年少的经历：高中毕业后，曾在农村给公社干部当炊事员，白天在厨房里做饭，晚上伏在小炕桌上写诗。想想看，几乎让人有种穿越感，白天是炊事员，晚上是诗人。白天是形而下的物质，晚上是形而上的精神。在地老天荒的陕北，荒诞却真实。而他真的化蛹为蝶变成了诗人，让理想落地生根开花。

他喜欢用轻松的口气说自己的故事，那时，我们也就只当听故事。在后来的日子里，我渐渐明白，他的故事其实是在激励我们，在鼓励大家不要放弃。这个典型的理想主义者，甘愿一生走在追逐理想的漫漫长途中，犹如逐日的夸父。对后来者而言，他是榜样，是标尺。

他说过的话很多很多，如果真的听懂，都会受益无穷。譬如，他曾经告诉我们：写作要葆有一颗安静的心，过于急迫或者浮躁都会造成伤害。我相信他的话，这是一个浮躁的时代，谁不浮躁，谁将会成功。

1. 从全文来看，“那是一段闪亮的日子，饱满而结实”体现在哪里？

2. 文章中主要采用了哪些手法写曹谷溪老师？请具体作答。

3. 从文章中来看，“曹谷溪老师”是怎样的一个人？

4. 就文学创作而言，“我”从曹老师那里学到了哪些？

参考答案：

1. 体现在作者在这里做自己喜欢的事，很幸福，每天都有收获，不断地走向成熟。

2. 外貌描写：比如，“我注意到，他的鬓角已然挂着星星点点的霜雪”“曹老师身穿白衬衫背带裤，诗人气质，待人很和气，毫不拿架子”。

语言描写：比如，（他）“认真地对我们说：‘文学需要热爱，就像自己的恋人一样。你想象一下，一个小伙子看见自己的恋人在山峁上站着，他从陡峭的山路往上攀爬，希望能与她见面，尽管爬山爬得满头大汗，你说他感觉到的是累吗？不是，是幸福！’”

动作描写：比如，“（他）讲完了，看见我们愣愣的，便大腿一拍，恨铁不成钢地说……”

细节描写：比如，“记忆里，曹老师总喜欢坐在他那宽大的椅子里，一边叼着烟斗，一边和我们聊天。窗子外的阳光，正好打在他的背上，给他镶了一个金色的轮廓，烟斗一明一灭，不时腾起烟雾，隔着烟看不清脸……”

3. 温厚慈祥，儒雅热情。

4. 第一，对于文学创作要有热情，要敢于排除一切困难。第二，要有理想主义精神，为理想敢于追求。第三，要善于吸纳领悟创作方法，比如要有精品意识，要有安于写作不浮躁的好心态，等等。

聆听壶口

对壶口，我始终敬而远之，原因是它的名气太大。以我的经验，许多有名的事物往往是盛名之下，其实难副，比如名人、名牌、名胜。众口交誉的西湖，在我看来仿佛是艳冠天下的名妓，少了风骨，多了风尘；如今少林寺的和尚们骑着摩托，拿着手机，再也难见当年慧能、神秀的风度。

多年来，我与壶口比邻而居却从未想过访问。它出它的名，我过我的日子。一个偶然的原因，我去了黄河畔一个荒村，与一位古稀老人闲聊说到了壶口，老人嘬着烟袋，闲闲地说："过去在茶坊都能听到壶口的水声。"

我的心动了一下，被什么击中了似的。

在沉默中，我臆想是什么人听到的。那一定是个寂寞的人，在一个寂静的夜里听到大地另一端的心跳。

"现在听不到了，太吵。"老人静静地说。

我知道，仅仅为这一句话，终究有一天我会去寻找那条大河的声音。当我的双脚踩在冰封的岸边，朔风挟着大水的寒气与杀气扑面袭来，像巨掌几乎将我击翻在地。壶口的大水在竭力地抛掷自己，深涧里浊黄的飞沫像无数怒狮鬃鬣飞扬、跳跃奔突。上游飘浮而下的巨冰无可奈何地一头栽进深涧，听凭大水的摆布，最后蜷缩一旁，在严寒中堆积成一座冰坝，以沉默对峙着大水的张扬。

我像一个白痴那么平静，在大水的抛掷中，我也在抛掷自己，我成为大水中的一滴，傲慢，无羁，游离于任何规范之外。

此刻，大地山川在颤抖中缄默，正是冰天雪地的季节，该死亡的早已死亡，该沉默的都在沉默，只有壶口不知疲倦，在宣泄、在怒吼。立于高岸，从脚心真切地感觉到了来自地心深处不可阻挡的力量，仿佛脚下随时都有崩塌的危险。我又想起大河上游那个老人的话，那么是谁在茶坊听到水声的呢？他必定内心清空寂静，是游子、文人还是归客？

我一厢情愿地认定他是个文人，瞬间我就是他，他就是我，多年以前正是我打茶坊路过。

多年以前，多少年呢？也许是一千年吧，我骑着一头蹇驴，颠簸在黄尘漠漠的古道，记不清这是多少回了，只知道这条路见证了我许多次的失意。

那繁花似锦的长安城啊，天下莘莘学子云集一堂，热望一跃龙门，十年寒窗人不知，一举成名天下闻。考中的帽插宫花，骑着高头大马游行在朱雀大街上，夹道多少羡慕的眼光，光耀门楣，前程似锦，金屋玉堂，美人如花。

然而，成功从来都不是为大多数人准备的。那么长，那么大的金榜，密密麻麻的蝇头小楷仿佛普天下的人名字都写上去了。只是，独独漏了我。

成功是人家的，我只能拨转驴头回乡。蹄音嗒嗒走在归去的路上，群山起伏的黄土高原仍是洪荒世纪似的，时间那么长，那么长。我在时间中行走，身后是时间，身前是时间。我并不急于赶到什么地方，也许我一生的目的就是行走。

我想这是我最后一次赶考，廿年青灯书卷生活，我将彻底放弃。该丧失的早已丧失，想得到的永不会得到。奇怪的是，心里并不伤感，倒只有解脱，不是说人生如梦吗？就当做了一个长梦吧。

暮色苍茫时刻，我投宿茶坊，南来北往的行客都在这儿歇脚喝茶。这是个热闹所在，奇闻轶事，官府公案，无所不包，但热闹是人家的。我躺在榻上，看天光是如何一层一层暗下来，辽阔的暗蓝吞没了一切，天地归于宁静。我又将是一夜无眠，什么也想，什么也不想。

听，是什么声音，渺远而清晰，从地层深处传来，是大地的心跳吗？内敛而张扬，像呼唤，像呐喊；我的心脏伴着那隆隆轰鸣开始共振，一刹那，电光火石一般，是大河！那一刻我不再是我，不再是那个一再落榜的倒霉鬼，我跳下床榻，鞋都来不及穿，奔出门找那个声音。在高高的山岗，风从远方刮来，带来远方的消息，是了，一定是那条大河！我甚至在黑暗中看到，他无路可走——前面是万丈深渊，但没有什么能劝他回心转意。

高处的跌落，让庸者一蹶不振，但对于非凡的大河，这一跃却让他的生命迸发出迷人的彩虹。

在无边浓密的黑夜里，大河什么也没说但什么也说了，我什么也看不到但什么也看到了。

之后，又是一千年，在命运的轮回中历经几世几劫，我又来到世间，站在壶口的高岸，临风而立，聆听大河的箴言。

1. 我对壶口为什么敬而远之？

2. 壶口在我国的哪条河上？位于哪些省、市、县？

3. 在原文上画出描写壶口传神的句子。

4.“没有什么能劝他回心转意”，这句话中的“他”指什么？“回心转意”又指什么？

参考答案：

1. 对壶口，我始终敬而远之，原因是它的名气太大。以我的经验，许多有名的事物往往是盛名之下，其实难副。

2. 在黄河上，位于陕西省延安市宜川县，陕晋交界处。

3. 见原文第六段：

当我的双脚踩在冰封的岸边，朔风挟着大水的寒气与杀气扑面袭来，像巨掌几乎将我击翻在地。壶口的大水在竭力地抛掷自己，深涧里浊黄的飞沫像无数怒狮鬃鬣飞扬、跳跃奔突。上游飘浮而下的巨冰无可奈何地一头栽进深涧，听凭大水的摆布，最后蜷缩一旁，在严寒中堆积成一座冰坝，以沉默对峙着大水的张扬。

4. 他，用的是拟人手法，把黄河比喻成一个刚烈的男子。“回心转意”指的是面临困难退却让步，绕道而行。

乾坤湾的缄默

当我乘一叶小舟轻轻飘向乾坤湾的时候，首先被黄河两岸壁立千仞的悬崖给骇住了，那一层层岩石整齐而均匀，见证着时间的无限。每一层岩石里都埋藏着无数秘密，被时间带入了永恒。而岩石缄默，黄河缄默，风吹过脸庞，同样缄默不语。

于是，当小舟被奔涌的河水和大风挟裹着顺流而下时，一览无余的巨岩仿佛一本被翻开的天书，一切尽收眼底，但我什么也看不懂。

这，难道就是乾坤湾吗？如此坦白，像少年清澈的眸子。

可是，一切如此神秘，像一只锁得严严实实的箱子。

该从哪里进入乾坤湾的内核呢？

我想到了伏羲。

相传中国第一个哲人伏羲曾经在这里仰观天象，俯察地理，彻悟阴阳太极。乾坤湾便成了中国哲学的滥觞之地。

先哲伏羲，是乾坤湾的细节。从这里出发，也许能读懂乾坤湾。

（摘自《黄河的细节》）

1．“整齐”的词性是（　　），“均匀”的词性是（　　）。

2．请在原文上画出两个比喻句。

3．文中有这样一段：“相传中国第一个哲人伏羲曾经在这里仰观天象，俯察地理，彻悟阴阳太极。乾坤湾便成了中国哲学的滥觞之地。”你怎么理解？

参考答案：

1．“整齐”“均匀”都是形容词。

2．见原文：

一览无余的巨岩仿佛一本被翻开的天书，一切尽收眼底，但我什么也看不懂。

这，难道就是乾坤湾吗？如此坦白，像少年清澈的眸子。

3．这道题是一个开放题，意在考查学生的联想能力，只要能由此联想到诸如老子及《道德经》、孔子及《论语》，谈到这些本源文化对中国民族精神、民族文化的塑造就可以了。

白城子

一

坦荡的天空下，毛乌素沙漠徐徐打开自己，就像打开一卷历史。在天与地的交接处，白云升腾，似千军万马列队而行。炎热的风从远方吹来，芨芨草和红柳簌簌作响，仿佛悄悄耳语一个不为人知的秘密。

统万城的废墟像一堆散落在荒原上的遗骨，在北方强烈的阳光下，发出耀眼的光芒，刺得人眼睛都睁不开。当地人并不知道“统万城”这个略显典雅的名字，只因其城墙一片雪白，他们叫它白城子。我觉得这个名字比统万城更动听。

盛夏的热风烤得皮肤微微发痛，好像刀片在轻轻地刮。痛觉告诉我，眼前的一切是事实：此刻，我是真切地站在了白城子的脚下。

多年前，它是我的一个梦幻。那时，我还是个孩子。整日坐在家门前的弱水河边，默默看那细波一闪一闪，光阴一寸一寸消逝在里面。弱水河穿过家门前的那片幽蓝的树林，一直到遥远的居延海。听爸爸说，骑马一路向北，整整走三天就会到居延海。那时，我的世界就是我所居住的小镇，居延海在我的世界之外，我常常痴迷地幻想外面的那个世界。有时一直坐到傍晚，从树林那边传来母亲的呼唤，我才站起身，离开到处弥漫着沙枣香味的小树林。

有一天，老师给了我一本书。寂寞的童年里，读书是我唯一的乐趣。只有在书中，我才能离开小镇，离开日常生活，离开难以为伍的同龄人。从这本书里，我知道2000年前我所生活的祁连山脚下有一个强大的马背民族——匈奴。弱水河和居延海本是他们饮马栖息之地。弱水的河边那些烽火台上曾经点燃过滚滚的狼烟。我还知道远方之远，有一个叫统万城的地方，它是匈奴所建的大夏国国都。据说那城墙无比坚固，当初修建时，是用糯米汤浇铸，监工用锥子扎进一寸，筑墙的役夫便要人头落地。我想不明白的是这个像月光一样皎洁的城堡，怎么会如此血腥和野蛮。

我不曾想到，有一天我会真实地站在这白色城堡下，仿佛看见那些剽悍善战的匈奴人从历史中纷纷复活。从弱水河，从居延海，从威风凛凛的大夏国统万城里连绵不断地涌出、涌出、涌出。金戈铁马，铁蹄铿锵，东征西讨，血流成河。强悍的民族企图用弓弩和弯刀征服整个世界。

残留的城墙上有废弃的窑洞，如今已完全塌毁。它们大张着口，一副惊愕的表情。如果近前细看，似乎还能感觉到那里残留的人烟气息。大炕上依旧平平整整，想必在若干年前响起过沉睡的鼾声，啼哭过初生的婴儿。母亲的奶香和歌谣似乎还停留在空气里，并没有随风逝去。灶台上一定煮过热气腾腾的饭菜，高高的城墙上站着怀抱婴儿的女子，手搭凉棚眺望归家的人。他们是当年匈奴人的后裔，一代一代生活在荒凉的沙海，苦苦守候着这座死亡的城池。

如今，他们也不在了，他们都到哪里去了？是否像天边的白云一样飘流四散，飘到未知的天涯？

有一个窑洞，窗棂被风雨洗刷成了白色，尸骨一般的白。窑洞的主人早已不知去向，门却锁着。也许想着有一天还会回来，不料，这一走飘蓬一般再也难回转身。那把锁早已锈蚀斑斑，锁不住的风将窑洞涤荡得一片荒芜。流沙不动声色地侵入了墙院，占据了牛圈、羊圈，甚至窑洞，将这里曾有的人迹一点一点吞噬。

二

废墟周围的野草长得无比热闹，修长的芨芨草、灰绿的沙蒿在风里轻轻摆动，意态悠闲，仿佛千百年来就一直这么生长着。不知名的虫子嘤嘤鸣叫，恍惚间听得，好似千年前皇宫里的细乐奏响。蝴蝶翩翩于野花之间，孜孜不倦地寻访，是不是千年前筑墙死去的魂灵所化？

太阳光越来越强烈，像射出一个个细小的箭头，扎在皮肤上，微微的刺痛。一览无余的沙漠，一切都在光天化日之下，阳光的炽烈，无处躲藏，人只能硬着头皮承受。

承受阳光的还有野花，淡紫色的野菊花在风里摇头，朴素亲切，宛如邻家女孩。泡泡草高举着一串串艳紫色的旗帜在风里飘呀飘的，可是千年前统万城迎接凯旋将士的旌旗？

一种不知名的野花引起了我的注意，我从来没见过开着褐色花朵的植物。

一开始，我以为它们是隔年的枯叶，一直忽略它，它也忍受着我的忽略，使劲将褐色的花朵举向阳光，似乎在竭力地呐喊：看这里，看这里，看这里！我终于发现脚下的褐色植物上有微弱的光泽，并不像是枯叶。于是，蹲身细看。这大概是世界上最不起眼的植物，披针形的叶子，绿中带灰，毫不打眼。花朵是赭中带褐，米粒一般细小。尽管我知道世界上还有一种黑色的花朵，可人家是名贵品种，属于花中的贵族，是养在温室里要人小心伺候的。这褐色的花朵是开在罕有人迹的地方，又天生的不美，注定了被人们忽略的境遇。

来过这里的人，有谁注意到脚下开放的褐色小花？一路走过去，竟不断地发现它们，在阳光下，在风中，倔强地开放、开放、开放。

三

站在白城子任何一角眺望，都会感觉这个城并不大，抬眼望去，一览无余。四角的城堡仿佛不费吹灰之力抬腿便可跃上。当我企图攀登这白惨惨的废墟时，发现我的眼睛欺骗了我，城堡看着近切，就是走不到跟前。就像童年的时候，开门就看见祁连山，却怎么也走不到山脚下。而且，那些城堡看着也不高大，等走到近处猛然发现，人忽然变得那么小，那么小。巨大的城堡威压过来，似乎随时要将人埋掉。

奋力攀爬于城堡之上，极目天际，只见黄沙漫漫，荒草萋萋，顿生无比悲凉之感。

1600 年前，一个空前混乱的时代。大夏王朝的开国皇帝赫连勃勃站在城墙上遥望天际，曾豪气干云地说："这个地方真美呀！土地肥沃，水草丰美，我走了那么多地方没见过比得上这里的！"可见，眼前的这片沙漠曾经是绿草如茵，人烟稠密。那时的赫连勃勃年轻英俊，精力旺盛。他梦想着横扫天下，建立一个马背上的帝国，于是将国都定名为"统万城"，将四个城门起名为"招魏""平朔""朝宋""服凉"，幻想着四方来贺、八方朝贡的情景。这是一座积贮了赫连勃勃的梦想和雄心之城。从头曼、冒顿到阿提拉，几乎所有的匈奴王无一不曾做过这个美梦。

可是如今，他们都到哪里去了？在岁月和风雨中，统万城洗去了铅华，洗去了所有的荣耀和梦想，越洗越白，成了一贫如洗，月光一样白的白城子。

和任何王朝的命运一样，赫连勃勃死后，内讧和征战使这个迅速崛起的草原帝国迅速衰败下去，仅仅 25 年便走完了自己的历程。一座梦想君临万邦的城市在时间的洪流中，渐渐荒废，直到化为白骨。

四

坐在城堡的废墟之上，偶尔听到草窠里的虫鸣，却觉得四围一片寂静。有风从远方徐徐降临，丝丝入扣侵入每一个汗孔。伸开五指，感觉风从指尖流过，待要努力遮挽，却轻扬远逝。抓不住的不止是风，还有时间。没有什么能抵抗时间。

同伴们在讨论，如果生在大夏愿意做什么？我的脑子迅速搜翻世界上最好的东西。在空想世界，权且过一把瘾，那么就做一个美梦吧。

做赫连勃勃的王后如何？多么高贵荣耀！可回头一想，当年赫连勃勃为了争霸草原，不惜对丈人莫弈于下手——当年，在赫连勃勃被人追杀、潦倒落难之时，莫弈于收留了他，并把女儿嫁给他。一个敢杀岳父和恩人的人，对妻子能好到哪里去？

那么做公主吧，公主是美丽和骄傲的代名词。可是在天下大乱的十六国时期，国家之间的联盟往往是以女妻之，公主只是一个战争筹码，至于爱情和幸福，那是不可能的事情。

那么做个王子吧，未来的权力执掌者。有人说，权力是男人的魅力象征。赫连勃勃的三个儿子璝、伦、昌为了争夺王位，不惜自相残杀。连正常的天伦之乐都没有，还有何幸福可言？

我想了又想，还是做个牧马人吧，天天在草原上纵马驰骋，多么惬意。可是征伐的铁蹄随时会践踏我的家园，而我，随时会手操矛戈，冲锋陷阵，然后像万千征夫一样，默默无闻地死在疆场。“可怜无定河边骨，犹是春闺梦里人。”说的就是我。

在一个乱世，任何人的幸福都是空谈。

白城子只是一个乱世的符号，它的废墟暗示着一切荣耀只是过眼烟云。归去途中，无意间回首，燃烧的晚霞中，白城子无比艳丽、无比凄凉。

1.“白城子”又叫什么？是谁修建的？

2. 画出文中描写白城子“美”的句子。

3.“可怜无定河边骨，犹是春闺梦里人。”是谁的哪首诗中的名句？

4. 找出文章中的一段细节描写。

5. 第二部分的第一段里，用意思相近的词代替划线的词语：“废墟周围的野草长得无比热闹，修长的芨芨草，灰绿的沙蒿在风里轻轻摆动，意态悠闲，仿佛千百年来就一直这么生长着。”

6.“不知名的虫子嘤嘤鸣叫，恍惚间听得，好似千年前皇宫里的细乐奏响。蝴蝶翩翩于野花之间，孜孜不倦地寻访，是不是千年前筑墙死去的魂灵所化？”找出这段话中的联想部分，仿写一段。

参考答案：

1. 统万城；为东晋时南匈奴贵族赫连勃勃建立的大夏国都城遗址，也是匈奴人在人类历史长河中留下的唯一一座都城遗址，是中国北方较早的都城，已有近1600年的历史。

2. 描写白城子美的句子：比如，“坦荡的天空下，毛乌素沙漠徐徐打开自己，就像打开一卷历史。在天与地的交接处，白云升腾，似千军万马列队而行。炎热的风从远方吹来，芨芨草和红柳簌簌作响，仿佛悄悄耳语一个不为人知的秘密。”

3. 唐代陈陶《陇西行四首》其二

4. 细节描写：

“一种不知名的野花引起了我的注意，我从来没见过开着褐色花朵的植物。”

“一开始，我以为它们是隔年的枯叶，一直忽略它，它也忍受着我的忽略，使劲将褐色的花朵举向阳光，似乎在竭力地呐喊：看这里，看这里，看这里！我终于发现脚下的褐色植物上有微弱的光泽，并不像是枯叶。于是，蹲身细看。这大概是世界上最不起眼的植物，披针形的叶子，绿中带灰，毫不打眼。花朵是赭中带褐，米粒一般细小……”

5. 非常茂盛　细长　摇动　娴静

6. 略

生日

生日这天我离开家，独自逃离了人群，前往一处隐藏在青山深处的水边，不知道为什么我觉得这一天必须静下来想一想了。好比一个走了很多路的人忍不住要回头看看，因为走过的路，就是将来要走的路。

在这个生日之前的许多日子，平滑顺畅得像缎子。没有丝毫芥蒂，因而也没有多少记忆。一个人负担太重了会痛苦，但是如果没有负担了，同样也会痛苦，因为空虚一样会折磨人。我坐在水边一块突兀的石头上开始洗涤我的裤腿，在来的路上走过一片看似平整的草地，没料到一脚踩下去陷入烂泥中，费了好大劲才拔出来，已经是两腿黑泥，看来坦荡敦厚的草地也会暗藏“阴谋”。

可我并不懊丧，许多次经验使我发现，当你倒霉透顶时，平心静气倒比垂头丧气要好得多。这时，我记起一个笑话：下雨天，一个农夫不紧不慢地走路，别人劝他快跑，他说，跑什么？前面不也在下雨？现在想来这个人简直大智若愚，若前方无处避雨，跑和不跑又有什么区别？还不都是落汤鸡？再说，不跑还能省省力气。

这实在是一种豁达超然的人生态度，值得我效仿，所以，我满不在乎地拖着两条泥裤腿走在乡间小路上，惹得过往行人纷纷回头看我，当时我得意地算了算回头率，高达百分之九十二。

温润、清碧的水中不时有银光跃出，那是鱼苗在撒欢。鱼在生命中除了游泳、觅食别无他求，因而它快乐。而人不行，因为人还有思想，所以，人不如鱼快乐。其实，生日理当也是快乐的，从前在一次又一次生日祝福中满以为以后还会有大把大把的年华供自己随意挥霍。终于到了这一个生日，我才猛然明白“无情岁月增中减”的意思。生日实在不是个值得庆贺的日子。

生日好比安放在床头的闹钟，一次又一次提醒我时光的流逝，而我却错以为它是在提醒我祝贺自己生命中一个重要的节日。

直到今天我才明白，生日就像乡间田野里的鸣鸣虫，早起催人去下田。在乡间，夏季的清晨常常有无数不知名不知种类的虫子，天不亮就开始齐鸣合奏，老人催年轻人说，鸣鸣虫叫了，该起床了。

正午的阳光毫无阻拦地射在我身上，我在阳光热力的微妙变化中感受时间是怎样轻轻巧巧从我身体上跨过去的。其实时间是个老熟人，天天见面，就是不知道他叫个什么，打哪儿来，往哪儿去。直到他面无表情又毫不客气地把我的许多东西拿走了之后，我才急了，追到门外去找，却不见人影。这位面善的熟人每天都来，天天从我这里拿走一点点东西，甚至在我睡梦中他还翻越窗户偷着来掠夺我。就在我过生日的这一天早晨，当金色阳光给我的小屋晕染了一层温馨的桔黄，我从梦中醒来，拉开窗帘，窗外青山推窗而入，一如平日的庄严与温柔，我忽然怔住了，这青山为什么不老？苍天为什么不老？而人又为什么如此易老？这是谁的安排？

我在那时想起了“时间”这个词。早在2500年前，就有一个智者临水而叹：“逝者如斯夫，不舍昼夜。”我想，这一叹定是击痛过许多人的心脏。一百年足可以让一个人彻头彻尾完结，而这一百年对于无边的时间而言只是白驹过隙。我醒悟，时间并不是手机或钟表上所表示的某个具体数字，它实际上是个巨大的黑洞，足以让一切消亡在里面，无所谓过去，无所谓现在，无所谓开始，无所谓完结。并不是时光易逝，而是我们的生命易逝，我们的躯体易朽。面对这永恒的青山、日月、天地，人怎能不痛感生命的短暂，譬如朝露，去日苦多！昨天还为青春年华举杯，今日却要为满头白发伤怀！

如果把生命比作一条线段，线段的两端就是生和死，这生和死都是由不得自己的事，上帝早有安排。由得自己的只是在这两个端点之间延续的人生。如果没有意外，这一段人生也是说短不短，说长不长，在这段日子里也只有做些什么事，才能心安理得。幸运的人找到了自己喜欢做的事，不那么幸运的人只好做自己不喜欢而又不得不做的事。

有一天，重读愚公移山的故事，我忽然悟到老愚公在他将近90岁时才发现自己这一生最应该做的最想做的事是挖山，于是面对困难还是满心欢喜地扛着铁锨上了太行山，辛苦并快乐着。我相信许多人对愚公的行为意义存有质疑，但这并不重要。重要的是，老愚公找到了他一生想做的事，而这件事又能给他人带来巨大利益。

从某种意义上讲，我们每个人都在挖自己的山，因为它挡住了我们通向外面世界的路。于是，每个人都在汗摔八瓣地挖，孤立无援而且自顾不暇，谁也帮不了谁多少。我曾天真地以为朋友可以互相帮助，其实朋友是最不可以帮助你的人。人说：艰难和痛苦，有朋友与你分担，你就减轻了一半。而我认为，如果真是朋友，你如何忍心让她辛苦着你的辛苦，忧伤着你的忧伤。那么一切血汗泪水全得从自己这儿付出。平日为一点小小委屈对亲人朋友大加诉苦，而有一天头戴荆冠、脚踩钢刃时却不敢呻吟一声。别指望他人替你担当，别指望他人替你痛苦。不管是否担当得起，全部的痛只能自己挺着，全部的苦水也只能自己吞下。是的，只有自己。一个人真正遇到大痛苦的时候，往往不想诉说，异常沉默。犹如生过孩子的女人不想描述那份痛苦，上过战场的男人不想描述那份残酷。

每个人在挖山过程中所尝到的酸甜苦辣，也只能自己一个人品尝。个中滋味如鱼饮水，冷暖自知。甚至于沟通都成了一种奢望，尽管同说一种语言，往往是彼此的话，谁也听不懂谁的。

午后太阳光的巨大热力在一点一点地消减，从对皮肤的炙烤度上可以一点一点地感受到。这意味着又有半日光阴在我沉思的时候从眼前溜掉。我并不伸手去挽留什么，因为我在这一段时间里不论干任何有意义或无意义的事，时间都会溜掉，绝不会为谁而停留，但我知道，我在这一段光阴里做了一件我想做的事。

1. 为什么对这个生日之前的许多日子没有多少记忆？

2. “看来坦荡敦厚的草地也会暗藏‘阴谋’”指什么？

3. “这实在是一种豁达超然的人生态度”中“这”指什么？

4. “生日”中多次用了哪种表现手法？举三个例子说明。

参考答案：

1. 因为日子过得太顺利了，没有遇到过困难。

2. 指的是“我”不小心踏入烂泥里。暗喻人生路上遇见了困难。

3. “这”指的是前面故事里那个愚人在雨天不紧不慢地走路的态度。

4. 比喻：“生日好比安放在床头的闹钟”“如果把生命比作一条线段”“线段的两端就是生和死”。